水滸瑣語

常明 著

知·餓

浙江古籍出版社

图书在版编目(CIP)数据

水浒琐语 / 常明著 . -- 杭州 : 浙江古籍出版社，2021.11
(知 · 趣丛书)
ISBN 978-7-5540-2153-8

Ⅰ . ①水… Ⅱ . ①常… Ⅲ . ①《水浒传》—文学欣赏 Ⅳ . ① I207.41
中国版本图书馆 CIP 数据核字（2021）第 227042 号

水浒琐语

常　明　著

出版发行	浙江古籍出版社 (杭州市体育场路 347 号　电话：85068292)
网　　址	https://zjgj.zjcbcm.com
责任编辑	沈宗宇
责任校对	张顺洁
封面设计	吴思璐
责任印务	楼浩凯
照　　排	杭州时代出版服务有限公司
印　　刷	浙江新华印刷技术有限公司
开　　本	787mm×1092mm　1/32
印　　张	8.625　　插　　页　4
字　　数	165 千字
版　　次	2021 年 11 月第 1 版
印　　次	2021 年 11 月第 1 次印刷
书　　号	978-7-5540-2153-8
定　　价	60.00 元

（清）任薰《水浒人物》册页（一）

（清）任薰《水浒人物》册页（二）

（清）任薰《水浒人物》册页（三）

（清）任薰《水浒人物》册页（四）

（清）任薰《水浒人物》册页（五）

（清）任薰《水浒人物》册页（六）

自　序

作个序，其余待续，然后睡觉。

廿八年后，精粹还在脑内发酵。

油画绘一半，台词写不过半。

完成将很美满，半途却放下没有管。

一世即将过半，才华竟早已入了棺。

有天才，为何我们却是无后半。

张敬轩《天才儿童 1985》

2018 年的 6 月，我出奇地颓废。因为这是我写作的第十个年头了，虽然在一众朋友的帮衬下，我的第一本书《先秦诸子述林》出版在即，但我很清楚，它的命运将如我的博客和公众号一样，读者寥寥。即将到来的三十岁尤使我倍感压力，以至于完全没有了方向。我又拾起先前戒掉多时的酒，甚至有时开着电视，和剧中的人物对饮，试图用最简单而任性的方法摆脱混乱的思绪。

于是我约朋友出来一道喝酒，他给了我这样的建议：“无论如何，你需要作品，在一个流行的平台上做出接地气的好作品。”此前一年，我在“喜马拉雅 FM”上开设了公开课“品

《呐喊》”，但是反响甚微，而这一次我想到了《呐喊》作者的那句话：“惟细民所嗜，则仍在《三国》《水浒》。”之所以最终选择了《水浒传》而非《三国志演义》，是因为讲《三国》就必须先做历史与小说的对比工作，整理出一个有因果逻辑的时间大脉络来，颇费时力；而读《水浒传》可以随兴所至，信口而谈。本书拟名为“水浒琐语”，“琐语”就是琐碎的话，故而这里有史的考论、文的品评、人性的分析，当然也有对社会问题的思索。

读《水浒传》，我最大的感受是不平的事情太多，靠一群江湖侠客扶危济困是远远不够的。就像本书《打渔杀家》一文的结尾所写：

> 《打渔杀家》的结尾或许很残酷，但是它很现实。萧恩还是那个阮小七，社会还是《水浒》里的那个社会。梁山群英的奋斗都是徒劳，只有满地红殷殷的血水，证明他们曾经来过；只有一个关于忠、关于义、关于黎民的不朽传说，流传人间。

有人在“古代小说网”上看到这篇文章之后，认为这个结尾太消沉了，可是他们不知道，这是我最真切的感受。那些在当时社会被边缘化的人物觉得“男子汉空有一身本事，不遇明主，屈沉在小人之下，受这般腌臜的气”，抱着“若是有识我们的，水里水里去，火里火里去”的态度来到梁山，忘却了梁山也是一个需要规矩和秩序的小社会。梁山的头领们有兵，有钱，有地位，自然会形成属于他们的权力，甚至因此成为一个暴力机关，以至于有人借助这个暴力机关来放纵自己的人性之恶——本书中《杀人的裁缝》一文就是分析这类现象的。

本书中的部分内容曾以“品水浒：梁山的权力与人性”为名，作为公开课在“喜马拉雅FM”上连载，之所以圈定“权力”和“人性”这两个关键词，是因为我相信，要真正使梁山的悲剧不再重演，就必须找到能够约束这两者的东西——制度和道德。制度防范权力的滥用，道德弘扬人性的价值。我们知道《水浒传》这部书是从传统的平话发展来的，而说平话的人——我们称为“说话家”——为了满足一般市民的情感需求，总是要除恶扬善，给人希望的，因而我坚信，《水浒传》是一部要给人希望的书，我也希望各位在听了我的课或读了这本书之后，能够对社会和人性怀有更坚定的信心。

所以，我要反对“阴谋论”。在进行人物分析时，以对人性的体谅为重要原则；在对事件的品评中，以对制度的归因为价值追求。我希望读者朋友们能够对生活怀着热血，同时也报以冷眼。我与诸位一同读书，出乎书外，又回归书内。

所以我会把《水浒传》擎在手里，站在文学史的立场，一字一句地与读者一道细读，用最严谨的态度整理书中的线索。细心的读者一定会发现，我的书中经常出现的表述是“《水浒传》的作者”，而不是“施耐庵”；在提到《水浒传》的批评者“李卓吾”时，也从不径称他为“李贽”。在这些细节上，我确实是有所考量的。

首先，《水浒传》这部书大约是元末明初的作品，又因为传世的最早刻本是明代正德年间的，也有人怀疑它是明朝中期才有的，但后一种说法很少为人接受。此书一般认为是施耐庵和罗贯中先后编订过的。高儒《百川书志》说是“施耐庵的本，罗贯中编次”，而嘉靖本、天都外臣序本、袁无涯刊本三种刻本也都写着“施耐庵集撰，罗贯中纂修”。不过这些信息并不意味着《水浒传》是两个人合作的。我们知道，罗贯中《三国志演义》的最初版本（嘉靖本）有二百四十回，故事很松散，而且偏重传统说话家的路数，后来毛宗岗父子将它仔细修改过一次，不但使其拥刘反曹的倾向更为鲜明，而且增加了“话说天下大势，分久必合，合久必分”的论述，今天的《三国志演义》能够这么通顺、有趣，与毛宗岗父子的努力是分不开的。而《水浒传》现存的最早版本已经是正德本，且施耐庵和罗贯中生活的年代又极为接近，所以我们无法区分出书中哪些话是施耐庵的，哪些应该归于罗贯中，所以只能笼统地说“《水浒传》的作者”。

其次，既然《水浒传》是说话家的作品，后来的作者——无论是施耐庵还是罗贯中——都只不过是它的整理者。至迟在南宋的时候，就有了关于宋江的文学作品，现在所见最早的是南宋龚开的《宋江三十六人赞》，但那只是三十六首诗，没有详细记载宋江起兵的过程，但我们可以确信的是，当时确实流传着宋江等人的故事。在这些故事流传的同时，民间又兴起了说话艺术，这一艺术类似于今天的评书，而所谓说话家就类似于今天的评书艺人。南宋的时候，说话中已经有了《石头孙立》《青面兽》《花和尚》《武行者》等篇目，而这些，现在都看不到了。元朝的平话《大宋宣和遗事》是现存最早记载了宋江起兵细节的书，同时许多元杂剧也演绎梁山泊的故事，遗憾的是存下来的仅有六种，即《黑旋风双献功》（高文秀）、《同乐院燕青博鱼》（李文蔚）、《梁山泊李逵负荆》（康进之）、《都孔目风雨还牢末》（无名氏）、《争报恩三虎下山》（无名氏）、《鲁智深喜赏黄花峪》（无名氏），里面很多的情节都与我们今天看到的《水浒传》有差别，但是智取生辰纲、坐楼杀惜、李逵负荆等故事在这里都已粗具规模。可以想见，除了这些存世的作品外，现在失传的那些作品很多在明代还很流行，还有其他一些未被书面记载的故事也在坊间口耳相传，施耐庵、罗贯中等很可能就是以它们为依据创作的《水浒传》。所以小说中很多叙事技巧都是吸收自说话艺术的，而《水浒传》的故事亦是在不同时代逐渐层累起来的，因此我们不能用分析现代纯粹由作家个人创作的小说的方法来分析《水浒传》《三国志演义》这些古代小说。

在流传的过程中，《水浒传》也产生了不同的版本，具体来说分为繁本和简本两个系统。简本的回数不确定，一般来讲文字比较简单，描写不是很生动，但它的故事很全，不但有梁山泊聚义、受招安、征辽、征方腊等部分，还有征王庆、征田虎的故事。繁本只有一百回，与简本相比，故事更为曲折，语言也更为生动，但是没有征王庆、征田虎等故事。现在的一百二十回本是拿繁本的一百回和简本中间关于王庆、田虎的二十回拼凑起来的。明末清初的时候，一个批评家名叫金圣叹，觉得《水浒传》七十一回之后的故事不是施耐庵原著，便根据自己的看法把它删掉了，并把第一回改称“楔子”，正文保留七十回，这就是七十回本《水浒传》的由来。金圣叹对连同楔子在内的七十一回本所加评点，就相当于今天的网络“弹幕”，而他的意见有时很可爱，有时也能发人深省，所以这一种七十回的本子反而最为畅销。

另有一种评点是托名李贽（字卓吾）的。那时候有这样一种风气，书商为书能够畅销，经常伪托名人进行评点，例如他们找人评点了《封神演义》，但不知道应该冒用谁的名义，正巧这时候竟陵派的文学宗师钟惺（字伯敬）去世了，于是他们便把这部书命名为“新刻钟伯敬先生批评封神演义”。现在托名李卓吾批评的《水浒传》有一百回本和一百二十回本两种，虽然序言完全一致，但评点的内容和角度都有很大差别。尽管周亮工在《因树屋书影》中明确指出托名李卓吾的是叶昼，我们仍很难相信这些东西出自同一人之手。不过书商既然托名李贽，本文又没有更好的称呼方式，为方便起见，且将这些评语一律称为“李卓吾评”，权当这是不同批评家共用的一个化名。

我在讲述过程中所用的第一种本子是黄山书社在1991年出版的《忠义水浒全传》，这是一个托名李卓吾批评的本子，一百二十回；第二种是岳麓书社2006年出版的《金圣叹批评本水浒传》，这是我个人最早见到的金圣叹评本，那时我还在做学生，得到此书一度让我颇为欣悦。虽然后来各家出版社也出版过各种精善的版本，但是因为此书的装帧和排版我个人比较喜欢，所以一直到今天还在使用。

之所以要说上面这些话，是为了让大家了解我的基本观点，知道本书中反复出现的一些关键词的意思，最好能准备好与我手头一致的《水浒传》版本，由此开启我们共同的阅读之旅。

2019年12月9日

目 录

内　篇

《水浒》人物论

致语一

周亮工《因树屋书影》说，古本《水浒传》的每一章回前面是有“致语”的，只是后来在郭勋刊刻时被删去了。一百二十回本《水浒传》的“发凡”说，这些“致语”中有“灯花婆婆”等故事。所谓“致语”，大概就是过去说书人演出开始时所说的一些话，权当每回故事前的引子。我听单田芳、田连元诸先生所讲评书，已经是没有“致语”的了，倒是近年郭德纲的一些单口相声和评书里恢复了一些旧观。

我的这些文章是一面写在博客里，一面利用音频传播的，顺序是先有文稿再有音频，算是自己做节目。做节目的过程中我也会讲一些“致语”，发表一些观点，有些是涉及关键问题的，有些只是闲话，总的来说，是我读《水浒》时不断产生的新想法。现在回看起来，这些想法中，有一些仍有保存价值，是可以拿出来与大家分享的，我撮要记录在这里，算是本书的篇前“致语”。

如果让我来推荐中国古典长篇小说给大家读，我会推荐《红楼梦》《水浒传》《金瓶梅》《儒林外史》《封神演义》和《三侠五义》六种。前四种胜在叙事，《封神》胜在情节，《三侠五义》兼而有之，只不过叙事的格局远远不如《水浒》

和《红楼》那么宏大。在这六部书里，《红楼梦》我读得最多，《水浒传》在其次，但论到讲评，还是《水浒传》更为适合。一则这部书的格局大，可以阐释的角度多；二则这部书的读者多，大家对于它的情节都有基本了解。

但正因如此，市面上解读《水浒传》的书已经有很多，有些确实能够给我们带来一些启发，但另一些——我不客气地讲，只是哗众取宠而已。诚然，我不能保证我对《水浒传》的解读一定是正确的，但我可以确定，我的路径是端正的。这也是我一直以来的认知，观点可以商榷，但是方法必须严谨。现在市面上有很多的书，试图用索隐的办法，找到《水浒》中的蛛丝马迹，把它解释成为一部充斥着阴谋、权术乃至为官之道的书。我不否认，文学研究中可以有“一家之言”，但“一家之言”得以成立的前提是遵从学术的规范和原则。

所以在说《水浒》之前，我们必须知道它是一部什么样的书。简单点说，它是一部有一定历史依据，而由文学家创作出来的书。说《水浒》有历史依据，是因为它的故事在《大宋宣和遗事》和《宋江三十六人赞》中就能看到影子，而且在《水浒传》产生之前已经有大量的水浒题材戏剧出现。所以《水浒传》里的人名，很多在上述文字资料中已经出现了，因此我们对这部分人名没有做深度解读的必要；但是作者原创的一些名字，我们确实应该加以深入分析。此外如智取生辰纲、坐楼杀惜等故事情节，也是之前的水浒戏中既有的。

我们应该研究的是，作者如何设计情节，这些情节又怎样地推动了故事的发展，而不应该纠结于故事本身是否应该存在。

当然，《水浒传》中也有很多原创情节，比如《大宋宣和遗事》里只说“那时有僧人鲁智深反叛，亦来投奔宋江”，完全没有对鲁智深性格的刻画；林冲只是运送花石纲的十二个指使之一，并没有能够给人留下深刻印象的事迹；而武松杀嫂、石秀“杀山”等故事都是在前代文学中找不到演化痕迹的，很有可能出于作者的独立创作。而元剧里的李逵吟诗、燕青博鱼、五虎下山则在今本《水浒传》中完全不见了踪影。所以，《水浒传》终究是一本文人参与程度很高的小说，我们分析它的时候也应该从文学本身出发，而不必像研究《三国志演义》一样将很多注意力投放在故事的演进历程上。比如我们讨论为什么孙立、孙新屈居地煞，解珍、解宝位列天罡的时候必须从情节出发，而不能只说《大宋宣和遗事》和《宋江三十六人赞》里没有孙新的名字——这当然不是主要原因，否则作者只需要调换人物的名字就可以了。

此外，受限于作者的能力，《水浒》不可能真如金圣叹所说“一百八个人性格，真是一百八样”。在小说的前七十回中要完整刻画出一百零八个英雄人物何其之难，而且又有武松、宋江等重要人物的场次需要集中安排（所谓“武十回”“宋十回”等等），作者不可能简省他们的章回，只得让小说里的人物都来凑数才能完成这个一百零八人的构架。而这些用来凑数的人物，不是形象单薄，就是安排牵强。今人往往觉得武松故事里的施恩和张青、孙二娘夫妇，以及鲁智深故事里的周通，卢俊义故事里的蔡福、蔡庆都不够做“好汉”的资格，那是以现代文学的目光批评当时文学。但对于作者而言，大概也只能如此处理。另外，作者受限于他的时代，难免有着一些与现代人格格不入的价值取向，因此塑造出来的人物，往往会让现代读者感觉难以理解。我们不能基于现代人的眼光与经验揣测小说人物，否则必定方凿圆枘，枉费心力。例如作者物化女性，仇视爱情，所以他笔下的好汉大多没有女色上的勾当，而远离女色也被视为领袖人物必须具备的素质之一。李逵监督宋江，不许他将扈三娘据为己有；听到宋江强占刘太公女儿的谣言，便气得砍倒忠义堂前的杏黄旗。凡此种种，自然就是出于上述原因。写宋江冷落阎婆惜，也是作者将宋江理想化的一种方式。不能因为他们的行为用现代人的眼光看有些不近人情，就像某些解读者一样得出李逵和宋江有断袖之癖的荒谬结论。至于扈三娘的故事本身，则与顾大嫂和孙二娘的故事一样，只是推动小说情节发展的一个要素，无足深究。《水浒》的作者并不像《儿女英雄传》和《女仙外史》的作者一样有心塑造女英雄的形象。今人看重扈三娘的故事，以扈三娘为主角写出许多同人小说来，是因为时至今日，男女平等的观念已经深入人心，写手们有意识地从著名的古典小说中寻找符合自己价值偏好的因子。这就像很多《西游记》的解读者强化女儿国的故事，深挖唐僧的“潜意识”，一定要寻找出什么情愫，其实在原著中，女儿国国王的招婿只是唐僧师徒取经途中最普通的一难罢了。

同样，因为作者的时代局限，我们也不能期待他有超前的社会政治思想。譬如作者的英雄情结和现在我们所说的“英雄主义”是完全不同的。古代所谓的“英雄”，“英”指的是花，“雄”指的是公鸟。《说文解字》解释“英”是“草荣而不实者”，“雄”是“鸟父也”。所谓的“英雄”，就是超越极限的人物。鲁智深倒拔垂杨柳、武松打虎体现了力的极限，卢俊义单挑四将体现了武功的极限，戴宗神行体现了速度的极限，这些人都可以称为“英雄”。非但中国古代如此，西方的文艺复兴时期也崇拜人的肌肉和极限能力。把“英雄”解释成“对人民有贡献的人”是中华人民共和国成立后的事，而且也是政治色彩很浓的。我们批评作者，固然可以批评他的思想观念和写作手法，但绝不能拿当代的政治标准衡量古代人。比如站在农民革命的立场抨击宋江是“投降派”，就完全没有必要。这一点正文中有详细讨论，这里就不赘述了。

至于有些研究者考证武松行走的路线是否符合常理，讨论他打虎的动作是否在现实中行之有效，依我看也是大可不必的。因为《水浒传》这类书原本是从话本演进来的，说话人穿州过县，每到一个地方，为了讨好当地的听众（看官），都会按照当地人的熟知程度重塑路线。而最终成书的时候，作者将故事整合，如果对地理不够了解，自然会造成路线错乱。如果以路线问题为引，分析小说的成书过程，那确实是再好不过的。但是将书中的路线颠倒视为一种错误，无异于把小说当成历史材料。现在许多人不读历史，却将历史小说和电视剧视为了解历史的路径，因而增加了仅以历史为故事背景的作家的负担，他们必须像学者一样考证每座山、每条河的走向，以至于没有足够的精力去考虑创作本身。我们读小说，就应该从小说本身出发，而不应该逼着作者做一个无所不知的学者。至于某些批评家说，宋江征辽大获全胜不符合史实云云，更加不值一哂。因为宋江征辽实际上是杨家将征辽的后续，其他英雄传奇如《五虎平南》《薛仁贵征东》中也都有类似的情节，《水浒传》这样写是不足为奇的。所以，读小说必须有读小说的态度，对作者有理解，有同情。

以上这些是我们的原则。

另外需要坦言的是，我这些文章是对在博客上发表过的《水浒心得》的修改。写《水浒心得》是十年前的事情了，那个时候我还是一名学生，年纪还小，遭遇一些挫折心里难免抑郁，所以写《水浒心得》的主要目的不是研究而是单纯的发泄。时过境迁，当然没有必要再将这些文章保留在博客上污染各位看官之眼，但里面的一些心得体会，还是有保留价值的。而这些年的成长中，我自信对于《水浒》的故事又有了更为成熟的理解。所以这本书保留了一些原来的题目，也保留了一些原来的观点，但是每篇文章都重新修改过，更换内容在 60% 以上，更多的是对之前思考的延伸。

原来的文章依然保存在我的电脑里，因为毕竟是青春的留念，但在博客里我只留下了《水浒心得》的前言和后记。我的计划是理清思路，重新出发，与大家奇文共赏，疑义相析。

王伦之死

读过《水浒传》的人一般都会记得，在宋江之前，梁山泊的领袖是晁盖；却很容易忘了，在晁盖之前，梁山泊的领袖是王伦。这部书之所以被命名为“水浒”，正是因为故事发生在原本属于王伦的这八百里水泊梁山。“水浒”的原义是水滨，第一指的是故事的发生地点梁山泊，第二指的是故事发生的环境——水浒群雄的栖身之地正是古人所谓的“江湖”。

“江湖”这个词古已有之，庄子说：“相濡以沫，不如相忘于江湖。”但“江湖”一词最主要是作为“庙堂”，即体制的对立面存在的。范仲淹说：“居庙堂之高则忧其民，处江湖之远则忧其君。”所以一部《水浒》，以王进的故事开篇，意味着将英雄逐出庙堂，让他们聚散于江湖之上。

庙堂强调“礼”，“礼”是等级的意思，务必森严；江湖强调“义”，“义”的本义是“适宜”，所以需要感情的介入，而必须加以权衡。换句话说，庙堂是有秩序的，江湖则是无序的。但在现实社会中，庙堂的秩序常常被一些权贵打破，失去应有的严正；而江湖则在无序中用“弱肉强食”的办法维持了一种原始的公平。这可能就是社会的一种辩证法。

王伦这个人，原本是个不第的秀才，因为在体制内生活不顺，所以弃文从武，跟杜迁一道上了梁山。北宋一向有重文轻武的风气，对于王伦这类人来说，弃文习武已经是一种堕落，落草为寇更是辱没了祖宗，稍后杨志和宋江宁可在体制里受辱也不轻易上山落草便是明证。王伦的一生，节节败退，从退出体制到寄命江湖，很像我们今天最普通的就业者。对于王伦们而言，离开科举—官僚体制，来到江湖，只不过是对主流社会和原有评价体系的逃避。在江湖栖身，对于王伦们而言，第一要义是安定，不惹官军上山；第二是安全，就是保证自己的生命不受威胁。为自己而活，没有远大理想也是一种人生态度，在这个险恶江湖上，王伦生存了下来，还想这样生存下去，本身没有太大的错误。

但他无疑忘了，江湖适用的是丛林法则，永远有弱肉强食，只要被绑定在江湖这条食物链上，就要充当吃和被吃的角色，除非他的山寨像裴宣的饮马川或者鲍旭的枯树山一样可有可无，可他所在的梁山偏偏又是个“方圆八百余里”，能够让英雄豪杰大展身手的地方。就像三国时期的刘表，以“坐谈客”的材质、不思进取的性格，偏偏镇守着一个兵家必争之地，结果只能是吸引群狼，最终死在英雄豪杰们的手里。王伦所占据的土地过于优越——这就是他最真实的死因。

反观林冲给他的一些罪名，其实并不能成立。林冲对晁盖一行人评价王伦："心术不定，语言不准。"金圣叹评点道："犯此八字者，贼也做不成。""心术不定"就是没有准确的主意，"语言不准"就是没有固定的态度。前者指对山寨的前途没有规划，后者指对山寨的管理没有标准。换句话说，王伦想偏安，将梁山的队伍维持在小规模，这就会同林冲"江湖驰誉望"的"大志"产生冲突。如果林冲不杀掉王伦，就相当于亲手葬送了自己的前程。至于林冲当面骂王伦"笑里藏刀，言清行浊"，只不过是难以坐实的道德评价，《水浒传》里没有对王伦"藏刀""行浊"的任何描绘，我们从之前的情节中最多只能看出王伦"嫉贤妒能"，不肯接纳林冲，要驱除晁盖一伙罢了。

最可笑是林冲评价王伦"落第穷儒，胸中又没文学"。金圣叹讽刺道："即不落第又奈何？即有文学又奈何？"我们设想，王伦登了科，做了官，如果他像裴宣一样公正，最终恐怕还是不免落草为寇；如果他做赃官，像高俅那般欺压良善，一样会成为林冲的仇人。至于做山寨之主，既不需要登科，也不需要文学，需要的是发展的眼光和前进的魄力，而这两者都是王伦缺乏的，这也是他和林冲、吴用等人矛盾的症结所在。只可惜王伦至死也没有意识到这一点，没有看出晁盖等人所觊觎的不是他的名望，而是他的土地。争夺声名，王伦有主动权在手，当然可以驱赶晁盖一行；但来者想争夺土地，就必须做好保家守土的准备，王伦没有这个准备，所以踏上了一条死路。

王伦之死最大的赢家是吴用，晁盖虽然做了梁山的领袖，但他是个耿直的汉子，并没有深谋远虑，所以统治权稍后被宋江—吴用集团篡夺。吴用虽然从山寨建立之时就身居能够参与决策的元老之列，但他能谋夺权力却不能驾驭权力，所以后来紧密地团结在宋江周围，不管领导人如何变迁，始终是山寨最举足轻重的人物之一，成了梁山上的大赢家。而林冲虽然陪着晁盖、吴用成功政变（火并），但只是被人利用的棋子。（吴用说："这人来相探，中俺计了。"）他的志向在政变成功之后依然落空，不但晁盖没有壮大梁山力量的计划，就算是宋江和吴用，也没有做出足够的努力。一个很重要的例证是，梁山在打下祝家庄、曾头市等地后，都没有在当地驻兵，势力范围没有越出梁山一步。所以，从这一点上来说，王伦之死是《水浒》里的奇冤！

如果我们再进一步分析，就会发现，连王伦"嫉贤妒能"这一条也很可疑。诚然，他拒绝林冲是因为"我又没十分本事，杜迁、宋万武艺也只平常。如今不争添了这个人，他是京师禁军教头，必然好武艺。倘着被他识破我们手段，他须占强，我们如何迎敌？"但这只是他对自己决策权的担心，而没有达到"嫉贤妒能"的程度。他试图收留杨志，为的就是让杨、林二人形成制衡，以维护自己的地位，这是很多君主都采取过的手段，如果一概用"嫉贤妒能"来定义，就未免过于肤浅了。

王伦之所以不收林冲，不容晁盖，是因为林冲乃刺配之人，晁盖确实犯了“王法”——分别得罪了当朝的太尉和太师——面对巨大风险和不知深浅的所谓“朋友”，王伦所做出的是基于最真实人性的选择。并不算强大的梁山，只凭新来的一个或一伙看起来中用的人，与当朝太尉、太师抗衡，显然是天方夜谭。何况王伦身为一寨之主，想要的只是一点游离于主流社会的自由，这自由是逃来的，并不是争来的。不受官府管辖，也不与之正面对抗，这就是王伦的态度。宋江把“聚义厅”改为“忠义堂”，也是出于类似的心态，只不过宋江多利用、多出卖了几个豪杰，王伦不敢也不忍心而已。

发展无心，突围无力，自保无能，王伦在江湖中的处境和林冲在官场中的处境惊人地相似。王伦错就错在以一介偏安之才占据着江湖必争之地。谁不知道八百里梁山泊正是英雄豪杰用武的所在？于是，晁盖要抢，林冲要杀，王伦和他的水泊梁山只能成为任人宰割的羔羊。

而且王伦是迷途的羔羊，最终丧生在一个打家劫舍的流氓的刀下——当然了，被流氓陷害而最终成了流氓，这也是林冲的悲剧。事实上，梁山上的林冲算不算得英雄还可以商榷，但他沾染了流氓的习性，并由着这习性做了几件流氓的事则是不争的事实。火并王伦这一场戏不过是他流氓习性的一次总暴露。死赖到山上不走，又用武力篡了人家的位置，这离英雄的标准实在差得太远。

相比之下，倒显得王伦更有些英雄气概。在那个时代，世道虽然坏了，但社会还没有大乱，官吏们横行不法，但是像林冲娘子一样善良的百姓还认为这是个“清平世界”，所以没有几分魄力的良民是绝不敢主动落草的。张青和孙二娘只是开黑店的，萧让和金大坚只是靠着技艺行走江湖，他们都称得上好汉，那么，迈出了落草这一步的王伦显然更有资格称为“好汉”。在梁山泊势力壮大之后，主动来投靠梁山的人也不算少，但是真正读过圣贤书而且有些见地的，恐怕寥寥无几。

而且王伦之所以看起来“胸无大志”，也许只是因为他的韬晦策略。《易经》说“潜龙勿用”，明智的人必能做到在沦落时有所坚守，在弱小时不张扬，不显露，将自己的实力隐藏一些时日，以期一飞冲天。看起来消极的人未必不能成大事，以王伦落草的坚决和他平衡林冲和杨志的手腕，他缺少的也许不是志气，而是运气、机会与时间。

正所谓“周公恐惧流言日，王莽谦恭未篡时。向使当初身便死，一生真伪复谁知”，王伦的悲剧，在于他失去了做得更好的机会，林冲“去心窝里只一刀”，他的未来就永远不会来了。

晁宋关系之谜

梁山泊的第二任领袖晁盖，落草前的身份是保正。王安石变法的政策里有个“保甲法”，规定村民每十户为一保，所谓保正就是村里的头目。过去有句话叫“皇权不下县”，乡村一般由村民自治。到了北宋，在王安石和一些地方势力的共同努力下，乡村中设置了保正之类的名目，但保正并不算国家官员。当时也出现了一些村民管理规范，叫做“乡约”，往往是一些知识分子拟定的，并不是法律，而是民间的公约和道德诉求。保正们把这些乡约当成道德指南和行为准则，他们日常的任务就是保护乡民并和地方官吏打交道，这就要求保正们诚恳地对待邻里，把不伤天害理当成自己做事的底线，否则便没有办法在乡村立足。晁盖长期担任保正，这些特征也被他带进日后的为人处世中。

相比于前任领袖王伦和继任领袖宋江，晁盖的性情无疑要耿直得多。在王伦接待晁盖一行的时候，晁盖看他一团和气，就以为对方有心留他们入伙；在宋江被迎接上山的时候，他听任宋江发号施令，一副不虞有他的样子。金圣叹说晁盖是个性直的人，大概是没什么错误的。这样性直的人，用他担任保正时的行事风格来领导山寨，保留了一些做人的底线而没有限制梁山群雄的自由。晁盖的底线是不滥杀、知感恩。不滥杀在他处置团练黄安和劝说李逵不要在江州闹事等作为中可以看出，知感恩从他坐稳了山寨之主的交椅后即报答宋江和戴宗便可以看出——这两大特点也与晁盖曾做过保正的经历是相吻合的。

和晁盖不同，宋江出身小吏，在职业生涯中，面对的是复杂的官场和人际关系，信奉“逢人只说三分话，未可全抛一片心”。所以即使宋江真诚待人，说话行事之中也不可避免地夹杂着一些自利的算计。但和一般的小吏不同，宋江与江湖上的英雄豪杰有非同一般的关系，江湖上的人做了犯法的事落在宋江手里，宋江总能够设法保全，拯救江湖人的性命和颜面，所以人称“及时雨”。有人说宋江的“及时雨”绰号不过是“及时银子”的意思，那真是小觑了宋江和这一班江湖上的好汉。从来说宋江是“仗义疏财”，我们常常只记得“疏财”而忘了“仗义”。其实《水浒》原文说得很清楚，宋江除了“散施棺材、药饵，济人之急，扶人之困”外，也“好做方便，每每排难解纷，只是周全人性命”，只是后面这一点似乎被历来的批评家们有意无意地忽略了。

有句古话：“身在公门内，必定好修行。”宋江的修行也好，与江湖的交往也好，“及时雨”的声名也好，无一不有赖于他的公门身份。只要这一身份不丢，他就有帮助江湖豪杰，获得江湖认可的机会。所以宋江这个人对体制内身份有所执念，心心念念于招安，就是可以理解的了。他的出身和经历与晁盖正好形成对照，晁盖是百姓的头，宋江是官吏的尾。晁盖重视百姓，更强调“义”，所以把山寨大厅叫做聚义厅；而宋江重视权力，更强调“忠”，所以到了他的时代，聚义厅便被改名为忠义堂。

晁盖和宋江有思维方式上的天然不同，这使得过去有些论者将晁盖与宋江的关系简化为路线之争。但我们在历史上经常看到的，却是以路线名义进行的权力争夺。宋江和晁盖之间的斗争也主要是权力层面的。晁盖被宋江逐渐架空的过程被历来的批评家论说得太多了，这里毋庸赘述，只引金圣叹的一个评论：“宋江之以晁盖之死为利，则固非一日之心矣。”金圣叹不无感慨地说：“宋江弑晁盖之一笔为决不可宥也。”不过，金圣叹也说：“此非谓史文恭之箭，乃真出于宋江之手也；亦非谓宋江明知曾头市之五虎能死晁盖，而坐不救援也。”他恐怕很难料到，他“宋江弑晁盖”的一句话居然被当代的评论家坐实了。有人煞有介事地“考证”花荣就是帮助宋江射杀晁盖的凶手，这个观点本来就像“赵云是女人”一样，是哗众取宠、不值一驳的，但没想到这段时间居然愈传愈广，甚至有人用这个题材写了一本小说来，不容我们不分析一二。

我们援引一个事件为例，即晁盖托梦。宋江擒了索超，次日计议攻城，一连几天下来，城不得破。一天晚间，宋江正伏枕而卧，一阵阴风起来，从门而入，寒飒飒地逼人。宋江抬头看时，只见晁天王欲进不进，叫声：“兄弟，你在这里做什么？”宋江以为晁盖此来必是责备他没给自己报仇又不曾祭奠的，哪知晁盖说：“兄弟不知，我与你心腹弟兄，我今特来救你。如今背上之事发了，只除江南地灵星可免无事。”宋江再问，却被晁盖一推，撒然觉来，知是南柯一梦。

有人认为《水浒传》是“现实主义”作品，所以里面的神话，如九天玄女传授经书、梁山泊群雄受碣文等等都被当成宋江等人自我宣传、故弄玄虚和欺骗群雄的手段。但这是以今度古、不懂小说文化背景的评论。《水浒传》这样的小说产生于传统的话本，里面一定会保留一些神话的内容，这是话本的惯例。例如《三国志平话》里说刘备、曹操、孙权是韩信、彭越、黥布的转世，《武王伐纣平话》说狐狸变成了妲己，所以后来的《三国志演义》中仍然保留了借东风、诸葛亮禳星等具有神话意味的内容，而《封神演义》则干脆写成了神魔故事。《水浒传》里保留的宋公明遇九天玄女、天书上有三十六人名讳的情节早在《大宋宣和遗事》里就有了。所以我的意见是，只要是作者直叙而不是通过人物之口叙述出来的内容，都应该视为书中真实发生的事件，而不应当求索过深，怀疑它是书中人物捏造的。

具体到晁盖托梦这个情节，由于梦中晁盖准确预言了宋江的百日之灾和安道全的出现，可以确知此梦至少不完全是宋江的思虑凝结，而真是古代作者和读者确信不疑的“梦中显圣”。而且晁盖的一声“兄弟”，亦足以证明两人即使心有芥蒂，也不存在根本性矛盾。所谓宋江置晁盖于死地的观点是完全不能成立的。但晁盖欲进不进，口称“阳气逼人，我不敢近前”。这“阳气”到底指的是令晁盖鬼魂惧怕的，宋江作为生人的气息；还是令晁盖记忆犹新的，宋江平日里颐指气使的霸气，我们就不得而知了。

分析晁、宋二人的言论，可知其中大有玄机。晁盖只是预言了百日之灾和地灵星会出现这两个事实，并不多话。换而言之，纵晁盖不来托梦，宋江也一样会有百日之灾，地灵星也一样会按时到来——因为宋江说出梦语之前，张顺已经举荐了安道全来。也就是说晁盖到阳间走一遭，说了两句无关痛痒的话就走了，而宋江欲多问时，晁盖便顾不得什么“阳气逼人”，上前一推，便把宋江弄醒。说得再直白些，晁盖还真是来指责宋江未报仇和少祭享的。像是警告宋江：“老子在天有灵，你敢亏欠我，就有你好看！”

这样我们就明白，晁盖所不满的不过是些祭享之事而已，这也是宋江不可能暗杀晁盖的又一个原因：晁盖慕虚名，宋江务实权。虚名就是人望，就是“义”；实权就是地位，就是“利”。宋江是曹操性格，不慕虚名而处实祸。晁盖想要的不过是祭一类的待遇，宋江能给，并且给得起。这样看来，宋江即使不除掉晁盖，行使大权也不会受到阻拦。暗杀晁盖，岂非多余？

说到这里，我们不妨简单梳理一下晁盖和宋江之间关系的变化。

最开始晁、宋确实拿对方当兄弟，宋江舍命通知晁盖流亡就是一个很好的证明。诚然，宋江私放晁盖是一种投资，但这种投资是要冒着生命危险的，如果宋江不在第一时间通知晁盖而在事后挽救，他所能得到的感恩并不会少，所以冒着生命危险去救晁盖只能说明宋江对朋友的真心。如果我们抛开法律和公务人员道德不看——因为那时法律已失去了效力，而公务人员多数是蔡、高、杨、童的党羽爪牙——宋江确实是一个值得交往的好兄弟。但是，正是这个事件，成为晁、宋关系的转折点。此前晁盖、宋江是兄弟，彼此之间的关系是对等的，自从宋江险些赔上性命搭救晁盖一伙，他就成了晁盖必须感激一生的恩人。所以晁盖在宋江面前必须纡尊降贵，而宋江本人，则在为晁盖吃了这般苦头之后对晁盖的礼让心安理得。所以在捉拿黄文炳之役中，梁山人马任由宋江调度。更有甚者，在第四十一回，晁盖还为宋江当过一次卫兵，与戴宗“各执朴刀……拥护着宋江，一齐趱马向前”。救命之恩，自当重报，不过晁盖报恩，既跌了身份又跌了人格。所以宋江产生了这样的印象，晁盖根本不配执掌梁山。

其实宋江刚欲落草梁山之时便有立威梁山之意，所以才有了小李广梁山射雁的一场好戏。吴用赞花荣道：“休言将军比小李广，便是养由基也不及神手！真乃是山寨有幸。”从此吴用倒戈，死心塌地效忠宋江。宋江的立威初见成效。后来听到玄女称他为“星主”，宋江更觉得自己“前生非等闲人也”。就这样，宋江有了必胜的信心，日益不把晁盖放在眼里；与此同时，晁盖也生出了戒心，越来越不能对宋江等闲视之了。两虎交攻的局面似乎已不能避免。

然而，没过多久，宋江发现晁盖对山寨大计其实不感冒，所以在一个并不高明的妥协下，晁盖坐稳了山寨正位，宋江掌握了军政实权。于是，晁盖得到了所有的面子，宋江拿到了所有的里子。表面上双方各取所需，山寨权位分配的问题已经圆满解决了，可事实上架空了晁盖，集团的危机才刚刚显露。

就在宋公明智取无为军，诛杀黄文炳，掌握了山寨的实权后，入云龙公孙胜不失时机地提出亲自下山去接老母，目的正在于吸引宋江眼球，为日后山寨派系分化中的站队做准备。宋江当然明白这一点，所以他才派戴宗、李逵这样的心腹去请，这无异于宋江本人出面相请。这一请，意义非凡：公孙胜先前入伙是投奔晁盖而来，这一次则是宋江请出山的，此后公孙胜便不再是晁盖集团的人，而是宋江集团的人了。这比吴用的见风使舵好得多——既保住了君子之名，又站对了政治队伍，实在高明得很！

公孙胜的倒戈是一个信号，晁盖越来越没趣，越来越孤独，越来越不被兄弟们当回事了。他的面子丢了，所以要想办法把它找回来，于是他想到了出征。

但是彼时，梁山大小事务都掌控在宋江手里，尤其出征一类的事，宋江屡屡以“哥哥是山寨之主，不可轻动”为理由，阻挠晁盖下山建功。可我们后来看到，他自己坐山寨第一把交椅时，便从不讲这样的话。须知，“国之大事，在祀与戎”。对山寨的统帅来说，亲自出征是树立威信、巩固地位的最好机会。宋江屡屡用冠冕堂皇的话阻挠晁盖下山，把一切功劳记在自己的头上，这不能不让人怀疑是一种故意。所以晁盖要强行争功，非亲自攻打曾头市不可。“宋江苦谏不听，晁盖忿怒”，这“忿怒”不仅是因曾家五虎的挑衅而起，更与晁盖对宋江的暗自猜疑有着莫大关系。

然而晁盖的这一次出征，让他在梁山的地位现了原形。他中箭的时候，只有“三阮、刘唐、白胜五个头领死并将去”。金圣叹批道：“十个人入去，却偏是五个初聚义人死救出来，生死患难之际，令人酸泪迸下。单写初聚义五人死救晁盖，便显出满山人无不心在宋江，而视晁盖如无也。深文曲笔，妙不可言。”这话很是。所以我也不免设想，假使那支箭并非毒箭，晁盖得以不死，带着这样的经历回到梁山，晁、宋之间的关系又当走向何处？

晁盖死后，他的派系便失去了依托，除了两个“变节”的（吴用、公孙胜）依然居于权力核心，阮小七命运好些，其余数人（如阮小二、刘唐甚至林冲、朱贵、杜迁等）以及与晁党关系密切的人（如朱富、李云等）统统厄于宋江之手。

终于，谁也不来托梦了。

梁山NO.1

自幼曾攻经史，长成亦有权谋。恰如猛虎卧荒丘，潜伏爪牙忍受。　　不幸刺文双颊，那堪配在江州！他年若得报仇雠，血染浔阳江口！

《西江月》（《水浒传》第三十九回）

一部《水浒》，分明是宋江的创业史和破产史。一百单八个枭雄在宋江的号召下聚义梁山，又在宋江的领导下十损七八，得到最悲惨的结局。有人单凭这个结局认定宋江是一个无能之辈，其实细细想去，一个无能之人领导一群英雄豪杰，而且得到多数人的拥护，恐怕是不可能的。

毛泽东曾下过断语："《水浒》这部书，好就好在投降。做反面教材，使人民都知道投降派。"鲁迅说："一部《水浒》，说得很分明：因为不反对天子，所以大军一到，便受招安，替国家打别的强盗——不替天行道的强盗去了。终于是奴才。"如果以革命利益为价值归依，这样的分析可谓到位。问题是，宋江集团的军事行动未必可以等同于革命，也很难被定性为农民起义。有人统计过，梁山上能算农民出身的恐怕只有三阮和陶宗旺等少数几人。用对农民起义的要求衡量宋江带领下的梁山队伍，是戴着有色眼镜看梁山，看到的最多是眼镜的颜色，而非梁山的颜色。

我们必须承认我们对宋江是有误读的。

首先是宋江的武功。在第十八回宋江刚出场时，作者叙述宋江“兼爱习枪棒，学得武艺多般”，第三十二回宋江向武松介绍自己曾点拨毛头星孔明、独火星孔亮枪棒，可见其武艺不一般——彼时宋江正在孔太公庄上，想来说的不是谎话。之所以我们对宋江有武艺平常的印象，是因为他平时不必自己出手，根本用不到武艺，也不必出手。至于他几次被捉，不是被燕顺等人在天黑绊倒，就是被李立下药麻翻，抑或是被张横在江上劫持——须知，李逵这样的猛士一样被张顺掀翻在水里，所以不能以水上的表现论通常情况下武功的高低。更多的时候，宋江不需要使用武力，只要报上家门就可以化险为夷。

其次是宋江的性情品质。有人认为宋江是投降派，在为吏之日惯于迎来送往，而且甘之如饴。这不是事实。宋江在浔阳楼醉酒后吐露真言，留下两首反诗。一首《西江月》：“自幼曾攻经史，长成亦有权谋。恰如猛虎卧荒丘，潜伏爪牙忍受。　不幸刺文双颊，那堪配在江州！他年若得报仇雠，血染浔阳江口！”宋江笔下的“仇雠”，显然不是指阎婆惜之流，因为阎婆惜和张文远都不是浔阳人，宋江没必要让他们血染浔阳。何况这时阎婆惜已死，张文远最多是撺掇阎母告状，并没有构陷宋江，算不上“仇雠”。这里的“仇雠”另有所指，宋江有这口怒气，与他的出身有关。

古时候虽然“官”“吏”并称，但两者间的界限很分明，宋江所充当的小吏不但不是官，而且注定一辈子没有当官的希望。在当时的社会观念里，吏跟人家的仆从、奴隶差不多，是辱没家门的行当。所以雷横、朱仝去访宋太公，宋太公回复说：“不孝之子宋江，自小忤逆，不肯本分生理，要去做吏，百般说他不从。因此，老汉数年前，本县官长处告了他忤逆，出了他籍。”这个理由，在当时是可以被采信的。为吏之人受的是夹板气，下面的人不用体谅他，上面的官又要压他任务，把一些得罪人的差事交与他。所以作为吏员，宋江只能在夹缝中求生存，日子过得非常艰难。他内心的“猛虎”与他的现实身份“小吏”相冲突，使他生出怀才不遇之感。但他并不喜欢发文人式的牢骚，而是在隐忍和潜藏中不断壮大自己，也可见他有别于那些自诩有才的浮薄之人，是能成大事的真才。如果不是这次酒后吐露真心话，我们还要被他隐瞒更久。

第二首诗是一首七绝：“心在山东身在吴，飘蓬江海漫嗟吁。他时若遂凌云志，敢笑黄巢不丈夫！”黄巢是唐末农民暴动的领袖，自称天子，曾在落第后赋菊：“待到秋来九月八，我花开后百花杀。冲天香阵透长安，满城尽带黄金甲。”立志要扰动天下。后来一路攻到福建，烧官府，杀官吏，有儒生周朴不愿为他所用，他便将周朴斩杀。黄巢是掌握生杀大权、力图重建秩序的人，宋江的潜在人格便与他有相通之处。久在公门之内，宋江对当时的官僚体系一定是不满的，所以他将所有官吏视为一个整体，不分郓城还是浔阳，宣称要让他们“血染江口”，实际是对当时的官僚体系宣战，这正是宋江潜在人格的一次释放。所以他在脱险之后，并不急于上山，甚至也不顾及兄弟们的安危，迫不及待地破无为军，杀黄文炳。他的情绪久经压抑，所以爆发出了惊人的能量。

当然，对当时体制不满的，远远不止宋江一人。晁盖、吴用乃至王伦，都是体制的反对者。不过，王伦的反对方式是逃避；晁盖和吴用的做法是绕过体制，用朴素的道德观和江湖手段维护基本的社会正义；宋江则是秩序的制定者，他试图建立的秩序共有三个层次：一曰“忠”，二曰“义”，三曰“权”。“忠”和“义”是他的核心理念，“权”是他的处事手段。

对于宋江号称的“忠义”，金圣叹颇不以为然，他说：“宋江而诚忠义，是必不放晁盖者也；宋江而放晁盖，是必不能忠义者也。”但显然，金圣叹没有理解，对宋江来说，重要的不是身体力行传统儒家知识分子所理解的“忠义”，而是以秩序制定者的身份，重新定义“忠义”。换句话说，他并不严格遵守既有的社会道德规范，而是要用“宋公明思想”发展出一套有别于传统的道德评价体系。

宋江的“忠义”理论中最被人非议的是他对于“国家法度”的解释。例如宋江在被押送的过程中身披枷锁，不同的人都打算为他开枷。宋江在花荣面前说：“此是国家法度，如何敢擅动？”但在李俊和官差分别给他开枷时，他两次都接受了。有人以此来证明宋江的虚伪。但如果我们分析两者间的差异，就不难发现宋江的逻辑所在。花荣是清风寨知寨，算是国家官员，必须将忠诚于国家和遵循法律当成行为标准。与此同时，宋江也是用“国家法度”自证身份，给花荣灌输国家意识，这和他自己对权力和公务人员身份的迷恋是相吻合的，是他固有价值观的组成部分。但在李俊这样的草莽头目、江湖豪杰面前，国家法度是没有意义的。如果宋江一定要用国家法度要求李俊，无异于用自己的前公务人员身份排斥李俊和李俊所在的这个江湖，对于自己而言有百害而无一利。至于在两个公人要求开枷之时，宋江立刻表示“说的是”，是因为在公人面前他必须强调自己的江湖声望以自保。所以宋江在不同的人面前显露的是不同身份，扮演的是不同角色，这正体现了宋江身份的复杂性。如果不考虑具体情境，光看宋江前后不一的表现就斥责他虚伪，那跟一个十岁出头的孩子用“好人”和“坏人”来评价历史人物还有什么区别？

宋江的“忠义”，正如毛泽东所概括的，是“只反贪官，不反皇帝”。具体说来，不反皇帝就是“忠”，反贪官就是“义”。宋江劝梁山群雄时说：“今皇上至圣至明，只被奸臣闭塞，暂时昏昧。”在古人的意识里，“忠”有四层含义：忠于君、忠于国、忠于事和忠于心。比如说屈原、岳飞、袁崇焕都是忠君的典型，不管君主有什么过失，他们都会尽自己最大的努力，甚至献出自己的生命来匡扶，所谓“衮职有阙，惟仲山甫补之”。他们的精忠报国固然也是为了天下苍生，但更大程度上是为了君主，或者说是把自己的理想寄托在君主身上。可是君主往往又令忠臣失望，甚至杀害忠臣。这是一种悲剧，岳飞之死和宋江之死都是这种悲剧的典例。

忠于国的，以魏徵为代表，他从来没有想过要做“忠臣”，而是决心做“贤臣”，就是说不管哪位国君当政，他都心系国家的命运，为苍生谋福，而不是为一姓尽愚忠，为一家做奴仆。这是一种很崇高的人格、很宝贵的品质。毕竟唐朝是开放的时代，才有生成魏徵一类人物的社会土壤；北宋以降，理学家们开始强调正统，将君臣伦理鼓吹为天理，魏徵那样为天下而非一人的高贵人格就难得一见了。

忠于事的典范，有不惧西天万里遥的玄奘、一意孤行为为知己报仇的豫让。他们自身都有个信念在，无论这种信念是来自佛家还是儒家的。文天祥讲：“孔曰成仁，孟曰取义。惟其义尽，所以仁至。读圣贤书，所学何事？而今而后，庶几无愧。”他所无愧的是自己心中的道德信念，所以在面对元朝宰相博啰时，他能坦然地说：“尽吾心焉，不可救，则天命也。”

最后一种是忠于心。忠的概念，是源于儒家学说的。孔子说："吾道一以贯之。"曾子说："夫子之道，忠恕而已矣。"王安石《字说》解释说："中心为忠，如心为恕。"做人也好，做事也罢，应该忠于自己的内心，摆正心的位置，也就是要守住自己的灵魂。"子以四教：文行忠信"，忠的理想、忠的事业，对于有足够儒家修养的人来说，是一种不违心的快乐。《庄子》借孔子之口解释"仁"："中心物恺，兼爱无私，此仁义之情也。"虽然未必完全符合孔子的原意，但是这里所提出的忠于心的生存理念，却是儒、道两家所共同推崇的。忠于心者，一在于正，二在于守，守住正道，可谓智者。

只可惜，梁山群雄们最多是"忠于事"的人，而他们的"事"到底是什么，又缺乏清晰的指向和正面的意义，他们追求的只是"论秤分金银，异样穿绸锦；成瓮吃酒，大块吃肉"的"如何不快活"而已。宋江打出了"替天行道"的旗号，而这"天"到底是"天理"还是"天子"，其实梁山群雄们并不清楚，也不在意。可以说，宋江坚定地选择了后者，所以他的"忠于事"也就成为了"忠于君"。

我们之所以不喜欢宋江，一定程度上是因为在非常时期的"评《水浒》运动"中，宋江已经被明确定性为"投降派"。那个时期的主流史学把一切流民阶层的反抗都定性为"农民起义"，定性为"正义"，那么宋江的归顺朝廷，自然就是投降。但时至今日，我们应该理性地从文学和历史本身出发，以《水浒》产生时的历史背景和作者的认知水平看，向皇帝投降、向最高统治者俯首，并不是什么错事。在《荡寇志》中，梁山好汉们甚至直接被当作反面人物大加鞭挞，所以我们不能用今天的思想苛责古人。

至于宋江将出身将官的呼延灼、关胜等拉上梁山，有人认为这是宋江潜移默化地改变农民起义军的性质，但在我看来，这也是以今度古，先有了“修正主义”这个概念，再把宋江打成了“修正主义”分子。呼延灼等加入梁山并没有改变梁山群雄的本质：第一，招安一事是宋江、吴用少数人决策的结果，呼延灼等人在这一过程中并没有起到决定性作用。第二，如果宋江真有意利用呼延灼等人分化反对派，那么他应该拉拢这些人做自己的心腹，但我们从之后的文本中看到，宋江的心腹仍然是反对招安最厉害的李逵等人。第三，最重要的是，这些军旅出身的人物并没有改变梁山的山寨作风，没有将梁山队伍改造成等级森严的正规军旅。在高俅攻打梁山时，呼延灼与韩存保舍命死战，我们没有理由怀疑他们对于梁山的忠诚度。在钱彩等人编订的《说岳全传》中，已入暮年的呼延灼介绍自己时还不忘说：“金贼听过梁山好汉呼延灼否？”按照何心的《水浒传编年》和阳建雄的《水浒传编年补》，呼延灼在1115年归顺梁山，1122年跟随梁山全伙接受招安，他在山寨的时间不过七年而已，但从他对梁山的忠诚度看，他一生愿意以“梁山好汉”自称是可信的。对于这些军旅出身的人来说，梁山给了他们归属感和自我实现的机会。

另一个典型的议题是宋江和李逵之间的关系。有人认为宋江和李逵的感情是靠十两银子奠定的。李逵和小张乙赌博输了钱，宋江给他十两银子随便使用，但李逵又输，与小张乙闹到宋江面前，宋江命李逵将银子还给小张乙，李逵于是将银子递在宋江手里，由宋江交给小张乙。所以有人说，李逵之所以先把银子交给宋江，是因为“在心理上，李逵已经完全臣服宋江，把他看做自己的主人了”，“宋江凭十两银子，就买到了自己的主导地位，买到了自己的心理优势；同样，李逵也因为这十两银子，就丢掉了自己的身份”。

十两银子就能买来李逵的忠心，这未免将李逵看得太轻贱了。一个最有力的反驳是后来李逵在柴进庄上吃穿用度都不少，但他对柴进远不如对宋江上心——柴进和宋江刚好形成一个比对，他们同样给英雄使银子，但收到的效果完全不同。两个人都用银子结交过武松，但柴进使出来是“人无千日好”，宋江使出来，却使得武松甘愿拜他为义兄。

宋江是个知道什么时候用银子、怎么用银子的人。

宋江给李逵十两银子，时机恰到好处。这十两银子不是钱，而是证明书，一是证明宋江是宋江，二是证明李逵是李逵。

事实上，李逵在接受这些银子之前，已经对宋江佩服得五体投地，所以在听到戴宗介绍宋江，宋江自承身份后，他“扑翻身躯便拜”。这一拜，实际上已经确定了宋江和李逵的关系，李逵此刻也已经“丢掉自己的身份”了。换句话说，李逵早已视宋江为偶像，即使没有那十两银子，他也会死心塌地跟着宋江。他唯一怀疑之处是眼前这人是否是宋江，用他自己的话说，“若真个是宋公明，我便下拜；若是闲人，我却拜甚鸟”。虽然已有戴宗的介绍，但宋江仍然要向李逵证明江湖传言的可靠性，证明自己是李逵所崇拜的“那一个”宋江（人们口中的宋江），而不是“另一个”宋江（有别于传言，稍打折扣的宋江）。江湖上说宋公明“仗义疏财”，“仗义”很难立即证明，展示“疏财”却很便捷，于是撒钱就成了宋江最常使用的证明法子。

对于李逵来说，这十两银子并不是收买，而是宋江对自己看重的证明。一位江湖好汉口中的英雄，初次与自己见面就能如此“仗义”，显然是出于其对自己的赏识，这一点对于自命为好汉而境况落魄的人尤为重要。阮氏三雄在接受吴用撞筹时说：“若是有识我们的，水里水里去，火里火里去！若能勾受用得一日，便死了开眉展眼！”戴宗评价李逵“这厮虽是耿直，只是贪酒好赌”，又说“这厮本事自有，只是心粗胆大不好”，而宋江见了李逵的粗鲁举动却赞美道：“壮哉！真好汉也！”不管这赞美是出自真心还是假意，对李逵而言，宋江显然比戴宗更赏识自己。

银子收买不到好汉们的命，但赏识却可以让人披肝沥胆。

《燕丹子》里写荆轲受到太子丹的礼遇，原本无动于衷，后来太子丹砍下美人的手证明自己的“赏识”，荆轲方才心生感动，毅然决定帮助太子丹刺秦。聂政受托于严仲子，也可以作如是观。豫让说：“我在范氏、中行氏手下，被当作一般人，所以我用一般人的方法报答他们；而智伯将我看作国士，所以我用国士的方法报答他。”

李逵等人也许算不上国士，但可谓义士，他也是用义士的方式回报宋江。所以他一旦听闻宋江有强占民女等不符合他期许的行为，不待核实，便立刻忍耐不住，冲到忠义堂前砍了“替天行道”的大旗。宋江虽然恼怒，但并没有真心要李逵的命。无他，这份“义”正是宋江所看重的。不过对于宋江而言，这个“义”字仍然得由他自己来解释，而不能由李逵来解释。所以他虽然决心放过李逵，但必须对其进行恫吓，让其在生死线上走一遭，再也不敢造次。燕青让李逵负荆请罪，即使不是出于宋江的明确授意，也是燕青揣度宋江用心后的举动，目的在于让李逵彻底丢掉独立于宋江的人格尊严。

所以，宋江的“义”中也不可避免地带有权力控制的意味，比如他用“义”感召呼延灼等人，最根本的目的自然是利用这些人在军队和官僚系统中的声望扩张自己的势力，使梁山在江湖上和当政者的心中具有一定的分量。讲忠义也重权力，在讲道德的时候不忘为自己的利益做打算，这就是我对宋江最基本的看法。我重申，我并不认为宋江有自身利益的考量就是虚伪——当下带领兄弟们一起创业的老板们，能把“忠义”二字做到宋江这个程度，已属难能可贵了。

从这个角度审视“坐楼杀惜”一节，我们发现阎婆惜至少犯了三个错误：第一，宋江的权欲极大，不可能因为被她攥住把柄，就受她的要挟。第二，虽然宋江私通晁盖并非死罪（白胜参与了劫生辰纲，只是下狱拷打，并没有判死刑），但是他的行径一旦败露，政治前途就彻底葬送了，而这一政治前途是他能在江湖上呼风唤雨的关键。同样是锒铛入狱，反而是杀阎婆惜一事所能造成的政治影响较小。第三，她低估了宋江的可信度。在权衡利弊后，宋江本会选择息事宁人，拿回招文袋以后一定会筹金子给她，这并不是一件难事。只是阎婆惜断了宋江的前途，宋江只能断阎婆惜的生路。

宋江的流亡路上，最重要的两场弄权好戏，一是搭救刘高的妻子，二是会见戴宗。

宋江在清风山上获得了尊敬，便准备将燕顺、王英、郑天寿三人收归己用，所以他必须立威。但很显然，立威的方式不能是耀武扬威，而应该从三人所向慕的道德、声名方面做起，而王英强抢民女刚好给了宋江这个机会，于是他便和燕顺、郑天寿一道去劝王英。等到这妇人自言是刘高的妻子，宋江便对王英说道：“只是这个娘子，是小人友人同僚正官之妻，怎地做个人情，放了他则个。”这一句话表明了自己和花荣的关系，但不是用官位压人，而是代花荣求情，等于向清风山透风，他们以后可以成为花荣的同路。稍后从山上来到花荣处，跟花荣说起此事，让花荣买清风山的人情。花荣嘴上说："兄长，没来由救那妇人做甚么？正好教灭这厮的口。"但他内心已经将清风山一伙视为自己人了。而后镇三山大闹清风寨，花荣更与王英等人声气相通，宋江也将自己在清风山上新结识的这些豪杰和自己原有的派系整合到了一起。

在江州见戴宗时，宋江不急于亮明自己的身份，也不急于拿出吴用的书信，而是静观其变。同为文吏出身，宋江当然知道戴宗这个行当的惯例，却故意不给他"常例钱"。果然，戴宗既身处公门之内，便不能免俗，来向宋江逼要，这就现了原形。宋江觑见戴宗的弱点，便着手从他的弱点突破——既然戴宗爱财，就用利益引诱；既然戴宗和吴用有交情，就用情义笼络。阳义阴利，戴宗的弱点和优势都在宋江的掌控之中，遂被收服于无形。

而后宋江事发，在晁盖营救下，他从法场上捡回一条性命，与戴宗、李逵等人一同上了梁山，并且在晁盖的安排下坐定了第二把交椅。晁盖死后，宋江排除万难，接管了梁山。虽然在梁山地位一时无二，但他并没有任人唯亲，在他的安排下，他的弟弟宋清只负责安排宴席。宋江其实并不准备让宋清参与梁山的建设。这样，梁山一旦失败，宋家还可以保全一点血脉；而梁山一旦成功，宋江有的是提升宋清资历的办法，例如让他参与到对契丹、西夏的作战中去就是了。这也是宋江的权谋——为自己的家族留一条退路。

毫无疑问，梁山首领十损七八，正与招安有关，宋江是要担负主要责任的。

梁山座次排定的那一日，值众好汉酒酣，铁叫子乐和唱了宋江作的一首《满江红》："望天王降诏早招安，心方足。"结果引来了几位好汉的反对。

武松先站出来道："今日也要招安，明日也要招安，却冷了弟兄们的心！"话未落地，李逵一怒，连桌子都踢翻了："招安，招安，招甚鸟安！"宋江也醉，就要喊杀，结果被众好汉劝阻。经过这么一闹，宋江的酒也醒了，万分悲凉，回头又问武松。武松没有回答，但是鲁智深站了起来，讲了一通反对的理由，话很精彩："只今满朝文武，多是奸邪，蒙蔽圣聪，就比俺的直裰染做皂了，洗杀怎得干净？招安不济事，便拜辞了，明日一个个各去寻趁罢。"

武松和李逵仅仅是表达不满，鲁智深则为宋江分析了大家不满的原因，并且做了很精彩的譬喻。他说，衣服已经染上了颜色，凭你怎么洗也不会变白。这关系到本质，难以改变。而且鲁智深的用语也十分考究——"蒙蔽圣聪"，不违背宋江的价值观念。按说这样的话可以引起宋江的共鸣，可宋江心意已定，无可改变了。

宋江其实应该仔细考虑一下这三位的想法，因为这三个人各自代表了不同的思考方式：

李逵头脑简单，没过多的想法，唯一的名言就是：“放着我们有许多军马，便造反，怕怎地？晁盖哥哥便做了大皇帝，宋江哥哥便做了小皇帝，吴先生做个丞相，公孙道士便做个国师，我们都做个将军，杀去东京，夺了鸟位，在那里快活，却不好？不强似这鸟水泊里？”这是草莽英雄最直白的话语、最真实的反应。可是宋江偏偏不听，常常简单粗暴地截断他的话头：“这黑厮又来胡说！再休如此乱言，先割了你这厮舌头。”

鲁智深是壮士，有壮士的热血，也有洞察社会的理性。他带着出世的情怀入世，是一把是非的尺、正邪的秤。可是不理智的“忠义”思想使宋江失去了应有的判断能力，明明一把尺子放在身边，却不懂得使用。这不知是鲁智深的悲哀，还是宋江的悲哀。

武松像极了杨过，有着冷眼和刚肠，能于世界之外看世界，人生之外看人生。人们常说“不识庐山真面目，只缘身在此山中”，他却可以跳出来又悟进去，悟进去又跳出来，“不知周之梦为蝴蝶与，蝴蝶之梦为周与”，达到一种自然、放达的境界。而宋江亦不知听取他的意见，未免有些可惜。

宋江劝大家说：“众弟兄听说：今皇上至圣至明，只被奸臣闭塞，暂时昏昧，有日云开见日，知我等替天行道，不扰良民，赦罪招安，同心报国，青史留名，有何不美！因此只愿早早招安，别无他意。”宋江口口声声皇帝“至圣至明”“暂时昏昧”，未必是因为对最高统治集团缺乏了解，最主要的原因是，他只有将最高统治集团神圣化，才能确保自己“忠义”理念的正确性。这种思想又成为宋江的政治包袱，导致他在招安问题上的盲目，对朝廷的无条件服从。吴用在这个问题上反而清醒：“这番必然招安不成，纵使招安，也看得俺们如草芥。等这厮引将大军来到，教他着些毒手，杀得他人亡马倒，梦里也怕，那时方受招安，才有些气度。”所以阮小七偷喝御酒、李逵怒扯诏书，均有可能出自吴用授意。吴用替李逵等人开脱道：“招安须自有日。如何怪得众兄弟们发怒？朝廷忒不将人为念！”这才有了两赢童贯、三败高俅的战绩。可惜他们最终还是因为宋江急于招安而让步太大，被朝廷引到打辽朝、讨方腊的绝路上去。

金圣叹读完《水浒》，见梁山上的豪杰因宋江而死伤殆尽，又气又恼，索性把书中宋江最后的几次“大哭”统统改成“大笑”，以示宋江的无情。这是宋江的悲剧，也是金圣叹这样的多情读者的无奈。

不过，即使宋江真当上了皇帝，群雄真做了将军，以他们来源之驳杂，恐怕也免不了内乱。以黄巢为例，称帝前后的他判若两人。皇位上的他对自己的起义弟兄有着深深的不信任，苛责将帅们的一举一动，最后惹恼了大将朱温，葬送了自己。宋江"敢笑黄巢不丈夫"，可如果他处在黄巢的位置上，也未必能做得更好。

玉麒麟悲剧的警示

卢俊义的权谋不如宋江，在梁山上没有发号施令的机会，这是公认的。卢俊义在梁山上施展不出本领，原因有三个：第一，他上山的时间太晚。第二，他虽然有很高的江湖声名，但在过去的岁月中，跟江湖上的英雄豪杰来往甚少。晁盖上山前的身份只是保正，尚且有人与他“七星聚义”；宋江落草前是个低微的小吏，尚且有花荣、石勇之流为他奔走。按理说，卢俊义号称河北第一长者，应比晁盖和宋江拥有多得多的资源，他完全能够像柴进一样招纳好汉，或者像张团练一样有蒋门神一类外援，再不济也应该像李应一样与其他的豪强勾结以自保，但卢俊义完全没有这类行为。第三，他的心腹只有燕青一人，在山寨里缺乏群众基础。卢俊义上山以后，宋江假意让位给他，李逵、武松、刘唐、鲁智深都站到了宋江一边，并且公开声称卢俊义是“别人”。

武松说：“哥哥手下许多军官都是受过朝廷诰命的，也只是让哥哥，如何肯从别人？”

刘唐说：“我们起初七个上山，那时便有让哥哥为尊之意，今日却让后来人。”

鲁智深大叫道：“若还兄长要这许多礼数，洒家们各自撒开！”

总的来说，卢俊义在梁山上施展不出才华，其实只有一个原因，就是他对江湖势力经营不足。而他从前不曾用心经营江湖势力的原因，一言以蔽之，曰“不必要”。

作为大名府的“第一长者”，卢俊义具有很高的社会地位，本来就容易为官方忌惮，如果再和江湖上的人往来，很容易落人口实。虽然以卢俊义的武艺，护卫自己和家人脱身不难，但祖传的产业却很有可能付诸流水。通常，地位越高、家业越大的人越过得小心翼翼。和江湖上人来往，对于卢俊义而言，最多有两个好处：第一是提高自己的江湖地位，第二是保护自己的家庭安全。但是江湖地位和社会声望往往是不可兼得的。宋江虽然标榜自己的“忠义”，可是到了山下人的口中，他还是不能惹的山大王。甚至刘太公的女儿被强盗捉了之后，也毫不怀疑地将这笔账算到了宋江头上。在不可兼得的前提下，用社会名望换江湖声名对于卢俊义来说并没有必要，何况社会名望有时可以转化为现实利益，这更使得卢俊义不会涉足江湖上的事情了。此外，卢俊义武功惊人，在征讨辽国时，关胜、呼延灼、徐宁、索超四位梁山名将联手对阵耶律宗云四兄弟，刚刚打了一个平手，而卢俊义以一敌四，居然可以让对方一死三伤，可见其武功胜过梁山群雄中任意一人。所以借助江湖势力保护自家安全这一考虑，对于卢俊义而言，自然也就不存在了。卢俊义在江湖上施展不开手脚，不能像宋江一样呼风唤雨，把自己在江湖上的力量全都引上梁山，当然就没什么心腹可言。何况宋江已经召集了九十多人上山，卢俊义在短时间内也不可能拉拢更多的人与宋江抗衡，所以他的势单力孤其实是必然的。

事实上，宋江之所以紧盯卢俊义并且逼迫他上山，是因为他看中了卢俊义这两条优势：武功高，足以活捉史文恭；江湖声望不够，没有统率梁山的人缘基础，也就很难取代他宋江的地位。所以当梁山群雄拒绝立卢俊义为梁山之主时，宋江不失时机地提醒大家：“向者晁天王遗言：‘但有人捉得史文恭者，不拣是谁，便为梁山泊之主。’今日，卢员外生擒此贼，赴山祭献晁兄，报仇雪恨，正当为尊，不必多说。”晁盖留遗言一事发生在卢俊义上山之前，所以他对此最没有发言权。但是按照这一遗言，卢俊义成为梁山之主却是最具有合法性的。最具有合法性的人最没有发言权，这就是宋江想要看到的局面。如果这时有人跳出来支持卢俊义，显然与卢俊义本人的德望无关，而应该是出于对晁盖的拥护。卢俊义显然不希望自己成为晁、宋之争的牺牲品。何况刚刚在宋江、吴用安排的毒计中死里逃生的卢俊义，根本不可能跟宋江叫板，只能义无反顾地支持宋江，帮助宋江压制反对派。

这恰恰是宋江的高明之处，表面上看是激化自己和卢俊义之间的矛盾，实际上是以卢俊义为工具激起拥晁派和拥宋派之间的矛盾。所幸，在李逵、武松等人的共同发声下，拥宋派占了上风，梁山在首领座次问题上消除了异议，也避免了分裂。而卢俊义也适时地找到了自己的位置。尽管在招安后，卢俊义完全有能力与宋江一样领一路人马出征，但在接受招安之前，梁山军权完全在宋江手里，决策权则在宋江和吴用手中，卢俊义名为梁山二号，实际上已经成了隐形人物。

卢俊义的命运完全是在宋江和吴用的掌控中的，宋、吴二人不但设下计谋逼迫卢俊义上了梁山，而且早在卢俊义心甘情愿入伙之前就已经为他安排好了座次。第六十二回，吴用让卢俊义住在山上，却放李固回去，并对他说道："你的主人已和我们商议定了，今坐第二把交椅。"又把反诗的事透露给李固，直接断了卢俊义的退路，逼迫标榜"生为大宋人，死为大宋鬼"的良民卢俊义成为强盗。

其时卢俊义尚未活捉史文恭，却已经被指定坐梁山第二把交椅了，而卢俊义本人，也认可自己是梁山第二号人物。因为在吴用把卢俊义坐第二把交椅的消息告诉李固后不久，李固便告知了梁中书。卢俊义被羁押之后，梁中书刚见他面，劈头便问："你这厮是北京本处良民，如何却去投降梁山泊落草，坐了第二把交椅？"虽然卢俊义初听这话时是一头雾水，但是经这么一问，他在心理上就接受了自己在梁山上顶多排名第二的现实。所以尽管卢俊义贵为大名府第一长者，他面对宋江和吴用的算计仍然毫无反抗之力。卢俊义有钱财，有资源，有领兵作战的本事，且自身武功奇高，却被"四无"

的宋江和吴用算计，说到底是他的性格缺陷所造成的悲剧。细读卢俊义落草这一章回，会给我们很大的人生启示。

吴用赚卢俊义上山主要是利用了他以下五个心理：

第一，猎奇心理。吴用道："小生凭三寸不烂之舌，直往北京说卢俊义上山，如探囊取物，手到拈来，只是少一个粗心大胆的伴当和我同去。"对于"大名府第一长者"卢俊义来说，恐怕没什么东西是他没吃过、没见过的，唯独生活比较平淡，缺乏消遣。尽管卢俊义这样的财主，日常生活中一定有人帮闲——通过后文，我们可以知道，这个人就是燕青——但这已不能给他足够的新鲜感。对于卢俊义来讲，算卦准不准倒在其次，找一个解闷的法子才是最重要的。所以吴用就利用卢俊义的这种心理，成功吸引了他的注意，找到了接近他的机会。

第二，优越感。吴用开口便说："若要问前程，先赐银一两。"卢俊义对此的反应是："既出大言，必有广学！"这是他优越感的体现。第一是身份优越，觉得这种消遣形式只有他自己消费得起，别人觉得吴用算卦可疑，是因为他们太穷，吃不起葡萄说葡萄酸。第二是心理优越，认为自己的能力与见识高于一般人。卢俊义将自己非常拙劣的诗句用栲栳大小的字写在旗上："慷慨北京卢俊义，远驮货物离乡地。一心只要捉强人，那时方表男儿志。"很有今天一些缺乏自知之明的小领导到处题字的劲头。今天的一些附庸风雅的官员和商人有时候会出高价买一些赝品，这也和卢俊义听信吴用的鬼话相似。

第三，迷信。可以这样说，越是独断的老板，越容易迷信；而越迷信鬼神者，就越不容易信任人。吴用用所谓“血光之灾”骗取了卢俊义的信任，就像现在的传销人员用种种危言耸听的话术给受害者洗脑一样。

第四，盲目自信。这当然也是优越感的另一种表现形式。只不过上文中所说的优越感更多地体现于对外在因素的夸大，而盲目自信则主要指对自身条件的错误估计。卢俊义的武功确实在鲁智深、李逵等人之上，但这并不意味着他每战必胜，因为军事胜利离不开综合因素，也就是古人所谓天时、地利、人和。梁山一伙算计卢俊义已非一日，且已经有针对卢俊义的全套方案，是躲在暗处；而卢俊义完全没有应对措施，且人在明处。这是天时不如。梁山人马轮番作战而且以逸待劳，卢俊义却千里跋涉而且要经历水上作战。这是地利不如。至于人和，我们且看吴用等人是如何用计的。

吴用“测定”了卢俊义百日之内有“血光之灾”，给卢氏出了一个主意，到“东南巽地”上一千里外走一遭，并吟了一首诗让他写在墙上：“芦花丛里一扁舟，俊杰俄从此地游。义士若能知此理，反躬逃难可无忧。”隐了“卢俊义反”四个字藏在每句之首。但在卢俊义被捉上梁山之后，吴用对李固复述时，这首诗就变成了：“芦花荡里一扁舟，俊杰那能此地游。义士手提三尺剑，反时须斩逆臣头。”而李固在墙上所发现的也正是吴用口述的这一首。如果说前一首还勉强可以算作卦诗，卢俊义尚有申冤的余地，那后一首就是让卢俊义百口莫辩的反诗了！这首诗的改动从阮小二相戏到吴用口授李固，前后不过十几个时辰（不会超过两天），这一过程中至少需要萧让模仿字迹，时迁等人暗中配合以保证不被觉察，梁山群雄在极短的时间内配合得如此完美，真让人叹为观止！遇上这样的对手，卢俊义不得不败。何况，他从一开始就没有认真严肃地思考梁山对他的陷害。当燕青对可能的风险进行准确评估时，卢俊义的反应是：“梁山泊那伙贼男女打甚么紧！我看他如同草芥，兀自要去特地捉他，把日前学成武艺显扬于天下，也算个男子大丈夫！”

第五，好面子。宋江试图给卢俊义灌输“忠义”思想，但是卢俊义对“忠义”有自己的理解：“卢某一身无罪，薄有家私，生为大宋人，死为大宋鬼！若不提起‘忠义’两字，今日还胡乱饮此一杯；若是说起‘忠义’来时，卢某头颈热血可以便溅此处！”可见卢俊义也是自视甚高的人，所以会提出自己的价值观，不可能在短时间内接受宋江的理念。所以宋江放弃思想灌输，转而在“面子”上下功夫——既然没有卢俊义不能拒绝的，就一定有他不好意思拒绝的——所以梁山群雄打着“义”的旗号轮流坐庄，强迫卢俊义留在山上。卢俊义因为好面子而忘记了自己是因为中了宋江、吴用的计策才上山的——这也是他的致命弱点。不难判断，卢俊义的面子综合征一定不利于他的治家，他的家人间一定存在着不可调和的矛盾。只是因为卢俊义先前长期在家，这些矛盾没有集中暴露。所以宋江和吴用故意让梁山群雄拉拢卢俊义，延长卢俊义滞留在梁山的时间，将卢府的问题最大化——长期处于卢俊义掌控下的卢府在最高决策者缺位的时候一定会陷入权力倾轧的局面。果不其然，燕青出局，李固上位，贾氏公开出轨，卢俊义险些因此命丧黄泉。在我们这个时代，很多靠个人魅力统治的企业往往兴盛不过一代，原因也在于此。卢俊义在家庭管理上的失败很值得当今的企业管理者引以为鉴。

卢俊义给我们留下三条教训：第一是要戒除专断独裁的家长作风。第二个是要做好副手的选拔工作。卢俊义没能做好这点，可能和他自身的年富力强有关。卢俊义出场的时候只有三十二岁，当然有足够的精力去应对复杂的环境。他和妻子贾氏没有养育一男半女，他也没有心思维系感情生活，最终导致贾氏出轨李固，这也是他一心扑在事业上所造成的负面后果。尽管卢俊义不急于确定接班人，但扶植一个副手为自己分担家庭工作还是很有必要的。而在这项工作上，卢俊义犯了致命的错误。一方面他有心扶植燕青，自己临行前嘱咐燕青："自有别人管帐，只教你做个桩主。"但他并没有给燕青实权，也没有教会燕青管理家庭的方法，所以李固发动家庭政变，燕青只能沿街乞讨。另一方面，他培养了李固，却不让李固留在家中，非要让李固陪同自己上山，证明了对李固的不信任，所以无法赢得李固的忠心。古人讲：“疑人不用，用人不疑。”但卢俊义恰好是“疑人用，用人疑”，最后被做大后的李固背叛。

第三个，也是最重要的一个教训，是不能忽视和官府建立必要的联系。狡兔尚知三窟，卢俊义自信地说：“我家五代在北京住，谁不识得！量李固有几颗头，敢做恁般勾当？”没想到钱能通神，李固一通上下打点，就成功地颠倒了黑白。卢俊义偌大的家业随之易手，如果不是柴进的出手相助，他大概免不了做蔡福的刀下之鬼了。事实上，卢俊义最明智的做法是像柴进一样，不但打点好各路知府、知州，还注意收买管营、差拨，因为不知何时就需要用到这些关系。最好再像《金瓶梅》中的西门庆一样捐一个官，而不是仅仅以“员外”的身份在社会上行走。如果卢俊义真的像西门庆一样身穿官服，朝中有人，绝不可能轻易被梁中书迫害，而宋江等人亦绝不敢打他的主意。《金瓶梅》第八十四回，西门庆妻子吴月娘经过清风山时被王英捉去，宋江对王英说：“这位娘子，乃是我同僚正官之妻，有一面之识。”虽然这一段文字是对《水浒传》中刘高妻事的改写，但我们必须注意其中的差别——宋江和西门庆并不相识，而吴月娘之所以能得到宋江的救护，只不过是因为她说出了自己的身份——西门庆妻，这样，与官府有交涉的江湖人士，无论如何都会高看一眼。如果卢俊义也具有朝廷命官的身份，要反制李固恐怕是易如反掌。

孔子做事，对自己有四条要求：“毋意，毋必，毋固，毋我。”意思是不主观臆断，不过分肯定，不固执追求，不自以为是。朱熹解释说：“四者相为终始，起于意，遂于必，留于固，而成于我也。盖意、必常在事前，固、我常在事后，至于我又生意，则物欲牵引，循环不穷矣。”一个人如果习惯于主观臆断，就很容易轻率做决定。因为好面子，所以想做的事就非得做成不可，从而越来越固执己见。如果成功，就会愈发自大；如果失败，就怪罪别人，自己不总结经验教训。最终失去自己认知能力，掌控不了自己的命运。这就是卢俊义悲剧给我们最深刻的警示。

梁山的终身常委

——智多星吴用

在《大宋宣和遗事》里面，智多星的名字叫吴加亮，《宋江三十六人赞》里叫吴学究，学究是对一般读书人的称呼。《宋江三十六人赞》给他的评语："古人用智，义国安民。惜哉所为，酒色粗人。"虽然只有短短十六个字，平心而论，这里"酒色粗人"的形象反而比今天《水浒传》里的吴用形象丰满得多。到了《水浒传》里，作者把他的名字改作"吴用"，有谐音"无用"的意图，这是一定的，但作者为什么要叫他"无用"，究竟是真把他视为"无用"的人，还是取"无用之用即为大用"之意？从《水浒》原文看，似乎后一种解释更为得当。

先看他的"无用"。在《水浒传》中，对吴用进行了近距离刻画的场次有智取生辰纲、智激林冲、赚卢俊义上山等等。吴用这个人物对情节发展起到重要推动作用的场次还有双掌连环计、赚金铃吊挂、智取大名府和布四斗五方旗等。但这些情节只是单一突出了吴用的才智，并没有对吴用的性格有立体描绘，所以在读者的印象中他的性格特征并不太鲜明。有评论家指出，吴用为劫夺生辰纲而选中的黄泥岗没出郓城县境，而且他没有预先为可能的东窗事发寻找到对策，可见其智谋有限，绝不是算无遗策的。这倒是事实，不过要知道原先的吴用不过村头教书先生，并没有真正落草为寇的打算，而且初出茅庐，所以有失策自然难免。但吴用确实是山寨中不可或缺的角色。宋江和卢俊义分别攻打东平府和东昌府时，宋江在东平府失利，宁可公然破坏游戏规则，也要让吴用归队。可见吴用并非“无用”，只是他发挥作用不在明处罢了。

像宋江一样，吴用个人素质还是不错的。他读过书，有学问，又擅武，使得一手铜链。刘唐到晁盖村上，与雷横斗在一起，没有出色武艺的人是化解不开的。后来花荣结束吕方、郭盛的斗争，远远射出一箭，已经令人喝彩；吴用则是掏出铜链近身解围，更可谓出手不凡。但是吴用的铜链到了梁山上就不再被提及了。有人说吴用是“文人堆里扮武夫，武夫堆里充文人”，这话未免有些过分，吴用只是善于找到自己的位置而已。梁山上缺的不是武将而是文人，不是领袖而是智囊。吴用没有统率群雄的资质。首先，他的名望和资源远远不如晁盖和宋江，甚至不如后上山的卢俊义，不能靠他的名望聚拢人心。终一部《水浒》，吴用的人脉资源我们看到的只有一个戴宗。其次，吴用虽然擅长在具体战术上出奇制胜；但是在行军作战的宏观规划、梁山事业的发展大局等方面，他从不发表意见，完全听命于宋江。吴用缺乏全局掌控力，而这种能力，是领袖人物所不可或缺的。再其次，要成为领袖，必须承受得住压力，弯得下腰，舍得面子，狠得下心，而且要左右逢源，气度、格局都必须宏大。

吴用在梁山上的地位之所以不能被取代，主要是因为他可以协调梁山群雄的分工，还长于在敌军安插特情人员。后来梁山与宿太尉等进行谈判，也是由吴用安排的。概而言之：宋江负责宏观，吴用负责具体；宋江负责内政，吴用负责外交；宋江掌握军权，吴用负责后勤。梁山的经济问题，《水浒传》里没有细说，我们只知道柴进和李应掌管钱粮，至于怎么建设和管理，我们不十分清楚，但也应该是吴用的功劳。

宋江和吴用的初见是在宋江为晁盖舍命报信时，他们成为搭档则始于宋江第一次上梁山。彼时花荣提出要为宋江开枷，宋江拒绝，吴用与宋江的对话很值得玩味。吴用先笑道："我知兄长的意了。"表明对宋江的认同，同时也暗示别人其实都不懂宋江，这样就拉近了自己与宋江的关系。"这个容易，只不留兄长在山寨便了"，是对上句话的进一步阐释，意思是他理解宋江这样做的目的是不留在山寨，保护自己的身份。"晁头领多时不曾得与仁兄相会，今次也正要和兄长说几句心腹的话"，表面上是说晁盖思念宋江，实际上是说梁山上的宋江旧相识们也需要与宋江叙旧，宋江需要稳固和这些人的关系，避免他们被晁盖拉走。"略请到山寨少叙片时，便送登程"，实际上是给宋江和各位头领一个台阶，既不驳头领们的面子，也不违背宋江的心意。宋江听了，果然觉得非常称心，说道："只有先生便知道宋江的意。"其实就是承认了吴用在自己心目中的地位。

从宋江给梁山输送了很多人，自己却坚持不上山这点，吴用看出了宋江的志向不小。但他跟宋江的关系原本并不密切，所以不失时机地向宋江举荐戴宗。后来宋江写了反诗，戴宗上山报信，吴用故意让萧让、金大坚伪造蔡京的书信，并在当中留下破绽。这样，戴宗便会与宋江一道被羁押，两人之间就有了过命的交情。戴宗成为宋江的心腹，吴用也就有了在宋江面前说话的本钱。宋江刚上梁山时，尽管是二号人物，但已时时把吴用带在身边，两人的关系日益增进。

我们会先入为主地认为，宋江的地位高于吴用是理所当然的，其实从梁山的发展史看，并不存在这样的逻辑必然。虽然宋江私放晁盖，也算是梁山集团的开创人之一，但他的上山时间远远晚于吴用。吴用早就是山寨的二把手，只是在宋江上山后，他主动将决策权让给了宋江，以确保宋江在梁山"三人团"中的核心地位。而宋江则投桃报李，始终没有将吴用逐出"三人团"。虽然后来卢俊义成了梁山名义上的二号人物，但吴用至死都居于梁山的决策层，是宋江格外倚重的人。

不过，这并不意味着权力欲望极大的宋江无条件地信任吴用。早在梁山排座次的时候，宋江就安排公孙胜和吴用同为掌管机密的军师；等到发现公孙胜无意争名逐利，他又迅速将分权的人选调整为朱武，让朱武成为卢俊义的军师来制衡吴用。说宋江、吴用“风雨同舟，朝夕与共”的人，没有读懂梁山的历史。

吴用这个人看上去鞠躬尽瘁，处处为梁山兄弟着想，但他并非真的笃信“忠义”。吴用对于众豪杰从来没有情感上的牵系，只有实用层面上的考量。他的撞筹三阮、智激林冲，开篇两场大戏都少了“义”的温度；而为了笼络宋江，置戴宗的安危于不顾，也足见他的冷血。这是他格局远不如宋江、晁盖的表现，也是他不能取代宋江成为领袖的原因。吴用也深知自己只适合做军师或丞相，为真正有本事的人铺路。高俅、杨戬害死宋江之前先杀卢俊义，也是因为他们清楚，宋江之死必定引发公愤，而在吴用的助力下，卢俊义必能迅速成为一呼百应的人物，仍旧会是他们的心腹大患。可以说，卢俊义的死与吴用的过人“相材”有些关系。当然，卢俊义和宋江都死后，只会充当他人智囊的吴用，就没有用武之地，只剩死路一条了。高俅、杨戬没有专门对付他的必要。

林冲的命与高俅的运

在《水浒》豪杰里，林冲更像你我这样的平凡人。他不同于其他豪杰的快意恩仇，更多的是犹豫和隐忍。他有大志和一腔热血，但是无门无路，只能在体制的压迫下忍气吞声。从火并王伦一节看，林冲早就具备杀掉王伦、夺取山寨的条件，而且他的怨气值早已达到顶点，但他犹豫不决，以致一再受制于人。他只适合做一个武将，听从调遣，而不是自己调兵遣将，这也像我们安于普通岗位的大多数人。

林冲走投无路来到梁山下，在朱贵掌管的酒店墙壁上题下这样一首诗："仗义是林冲，为人最朴忠。江湖驰誉望，京国显英雄。身世悲浮梗，功名类转蓬。他年若得志，威镇泰山东。"何谓"朴忠"？《说文》："朴（樸），木素也。"段注："素犹质也，以木为质。"即通常所谓质朴、简朴、朴素的意思。引申到性格方面，就是耿直。"忠"就是忠于皇帝，安心做良民，遵从法律和命令。相比于宋江游走于黑白两道为自己赢得"及时雨"的名声，林冲对待法律的态度要保守得多。

林冲可以忍受官僚体系的黑暗，他与人交谈时不时说出"不怕官只怕管""有钱可以通神"等世故的话语。他的娘子被高衙内欺侮时，第一次“认得是本管高衙内，先自软了”，第二次竟然在陆谦家门口敲门，有意放走高衙内，并且愿意息事宁人，希望通过改善跟高俅的私人关系将高衙内调戏自己妻子的事情大事化小。所以他得了宝刀之后翻来覆去看，并不是因为爱这把刀，而是因为“高太尉府中有一口宝刀，胡乱不肯教人看。我几番借看，也不肯将出来。今日我也买了这口好刀，慢慢和他比试”。林冲以为高衙内调戏己妻一事会让高俅在道德上感到亏欠，而比试宝刀可以拉近他与高俅的私人关系，不但能化解之前的尴尬，还可以得到另眼相看。金圣叹将林冲买刀和杨志卖刀联系在一起，说：“观《水浒》之写林武师也，忽以宝刀结成奇彩；及写杨制使也，又复以宝刀结成奇彩。……前回初以一口宝刀照耀武师者，接手便又以一口宝刀照耀制使，两位豪杰，两口宝刀，接连而来，对插而起，用笔至此，奇险极矣。”但事实上，杨志在卖刀问题上是磊落的，“指望把一身本事，边庭上一枪一刀，博个封妻荫子”；而林冲买刀的目的则比较阴暗，他只是希望用以此获得亲近高俅的机会。

但林冲无疑高估了高俅的道德底线。高俅是帮闲出身，在王员外、柳大郎、董生家里都是帮闲，虽然王员外以他教坏自己儿子为由提出控告，将高俅流放外地，但高俅的前途并没有受影响。因为在专制时代，越是位高权重的人越需要帮闲，所以他先后投靠了小苏学士、小王都太尉和小舅端王三个门庭。金圣叹评点说："嗟乎！既已群小相聚矣，高俅即欲不得志，亦岂可得哉！"这三个人身份不同，小苏学士重视的是文人雅趣、闲情逸致，小王都太尉重视的是世俗娱乐消遣，而端王兼而有之，且他在不久之后做了皇帝，将天下都当成了游戏。所以高俅就在端王即宋徽宗的庇护下，用帮闲的态度处理天下事务，天下虽不欲乱，不可得也。

高俅身居高位实在是运气使然。《金瓶梅》中的应伯爵、常峙节等都是帮闲中的好手，《水浒传》里燕青的本事也不亚于高俅，但唯独高俅青云直上，这只能用运气来解释了。董生认识小苏学士已是偶然，高俅在为小王都太尉送礼时随性踢出的一脚简直有赌博的意味。《列子》中有一个故事：宋国有人擅长杂技，宋元君接见了他，倍加赏赐。其他会杂技的人也纷纷求见宋元君，结果被处死。无他，君主的喜好不能被人窥破。所以，高俅的成功上位实有赖于端王是一个喜爱游戏的王爷，而不是内心阴鸷的雄主。至于端王成为皇帝，更是历史的偶然。按《宋史纪事本末》，哲宗死后无子，太后出于自身政治利益的考虑，没有立年纪最长的简王，而年龄仅次于简王的申王因为视力不佳被排除在继承人序列之外，所以轮到了端王赵佶，也就是后来的宋徽宗。所以高俅的发迹实在有走运的成分。

而林冲的不幸亦是命数使然。一个王朝从建立到灭亡最多不过数百年，而最清明的政治往往也就在开国的二三十年内。倘交到好运，能够中兴，或可再延二三十年。一旦到百年，就是大关，社会问题会更加严重。在不改变社会制度的前提下，就只有诉诸暴力改朝换代了，而这又是林冲这样的人最不乐见的。这样看来，在忠的旗帜下，林冲的苟安就多了几分道理。如果说宋江的价值“忠”与“义”始终存在着矛盾，那么林冲的“朴”与“忠”就达成了难得的和谐，并且在皇权体系下发挥着重要作用。

林冲带着他的“朴”与“忠”上了梁山。梁山群雄不管来自何方，本质上都是绿林豪杰。绿林英雄所需要的不是苟安而是进取。可是招安那一节，我们除了看到李逵、武松、鲁智深仍然耿介，连阮氏三雄都没有发声，未免让人感到心寒。这说明了一个问题，苟安的思想已经消磨了豪杰们的进取之心。

甚至林冲的“义”里也隐含着“朴忠”的成分、苟安的因子。林冲上梁山之前做的一件善事是帮助李小二。李小二偷了东西要遭打，林冲就拿银子出来息事宁人。有人将他比作饶恕仆人的汉朝名臣袁盎，我看两者之间有着明显的差别。袁盎担任吴国相的时候，有一个下属（从史）爱上了他的婢女，并与之私通，袁盎知道了这件事，不但没有责罚那名从史，反而把婢女赐给了他，待之如故。这虽然违背当时的风俗，却不触犯法律。李小二偷了店主人的东西，被拿住不放，林冲拿自己的银子打点，好在李小二还有点羞耻心，若遇到的是一个不知悔改的惯犯，林冲这样做恐怕是有害无益的。再者，袁盎之于从史是绝对的主宰，而林冲之于李小二，在王法面前，不过是平等的路人。林冲为一个素不相识的人卷进盗窃案本来就是不明智的，又搭上了银子，更会沦为江湖笑柄。所以说林冲的“仗义”是自我标榜的，未必能得到社会舆论的认可。他只知道息事宁人，否则我们怎不见他像鲁智深、杨志一样向黑恶势力宣战，“路见不平一声吼”呢？

李小二在接受了林冲的周济以后，也受他感化，走上了“朴忠”的道路。陆谦和富安来到牢城营，被李小二的妻子撞见，预备告诉林冲。李小二告诉妻子：“林教头是个性急的人，摸不着便要杀人放火。”我们方才已经分析过，林冲非但不性急，而且也愿意委曲求全，所以在被发配时为妻子写下一道休书，几乎将妻子送给了高衙内，这哪里是性急？哪里是“摸不着便要杀人放火”呢？事实上，尽管林冲是李小二的恩人，但在林冲到达草料场前，两人接触并不多，李小二不知道林冲平日的行事风格，只是凭着林冲的几句牢骚话判断林冲的个性。我们在前文中已经看到林冲和陆谦在酒楼上的对话，这种程度的发泄，在专制时代顺民们的理解中，就是对社会的不满和反叛了。顺民们有着这样的逻辑：懦弱是理性的表现，理性是正当的，所以懦弱是正当的；反抗是触犯王法的，触犯王法是罪恶的，所以勇于反抗的人都是“摸不着便要杀人放火”的魔鬼。所以恃强凌弱是天理，被欺负者只能认命。这维护的不是社会的安定与正义，而是那个时代脆弱且敏感的统治。所以林冲的不幸不止是个人的不幸，更是时代的不幸。

高俅的发迹在“运”，林冲的不幸在“命”。自来“命”和“运”是两件事：“运”是偶然的，“命”是必然的；“运”是可以改造的，“命”是一生注定的。所以林冲在落草以后，尽管已经有意识地去做一个土匪，可仍然很难改变他过去的思维习惯。他杀掉了陆谦等人后，出门投东，走到一个大户的粮仓前，见有个老庄客正在吃酒，他过去要时，老庄客不给，林冲一怒，一把篝火撩过去，把老庄客的胡须都点燃了，颇有些土匪气了。但当他上了梁山后，还是很顺从地接受了当时的梁山秩序。王伦不留他，他也不抗争，反而去山下杀无辜的人，完全罔顾是非。甚至在某种意义上，他的娘子也是被他的懦弱害死的。在野猪林中，为了避免鲁智深多事，林冲不敢将保护妻子的任务托付给鲁智深；后来他在山上受到王伦的压制，不敢将娘子迎接上山，错过了最佳的时机。尽管在晁盖坐稳了寨主之位后，林冲第一时间提出：“小人自从上山之后，欲要搬取妻子上山来，因见王伦心术不定，难以过活，一向蹉跎过了。流落东京，不知死活。”但等到他决定迎接娘子之时，派去的人“直至东京城内殿帅府前，寻到张教头家，闻说娘子被高太尉威逼亲事，自缢身死，已故半载。张教头亦为忧疑，半月之前染患身故”。按何心《水浒传编年》，“火并王伦”应该在政和五年（1115）七、八月间，林冲上山应在政和四年（1114）十二月。如果林冲在刚上山之时能够及时设法迎接娘子，她就不会被逼死。何况，带妻子上山本无不可，只是王伦有意压制林冲，与他为难。如果林冲足够坚决，未必没有迎接妻子上山的办法。是他的逆来顺受和无原则忍耐断送了自己娘子的性命。

惯于妥协，没有原则，这就是“朴忠”的实质。所以林冲做官，身上就有官僚气；做强盗，身上就有流氓气。他虽然口口声声说“他年若得志，威镇泰山东”，但对自己的最高期待只是名将而已。所以他尊晁盖为梁山首领，又让出第二、三把交椅给吴用和公孙胜，也就是让出了山寨的决策权。从这里也能看出他和宋江的不同：宋江虽然把寨主的虚名让给了晁盖，却将军政大权揽在了自己手中；林冲毫不犹豫地地退出了梁山决策层，甘心做一个普通将领。所以明代李开先《宝剑记》中的“到梁山请得兵来，誓把那奸臣扫”云云，不过是借剧中林冲的酒杯浇自己心中的块垒而已，与《水浒传》里的那个林冲完全无涉。剧中林冲的很多精彩唱词都成为后世京昆舞台上的经典，如：“欲送登高千里目，愁云低锁衡阳路。鱼书不至雁无凭，几番欲作悲秋赋。回首西山日又斜，天涯孤客真难渡！丈夫有泪不轻弹，只因未到伤心处。”借景抒情，是命运的叹息。

在当时的社会条件下，英雄大概只有三条路可走：一是反抗，二是接受同化，三是隐匿。一部《水浒传》中，有形形色色的人物，选择反抗的有杨志，选择接受同化的有陆谦，选择隐匿的有王进。林冲一开始甘于接受同化，人生的中途又一度寻求隐匿，而终于被迫反抗，加入起义的行列。这是逼上梁山的另一解——旁人是被逼上死路，林冲则是被逼上活路。

其命如此！

朱仝上山记

梁山群雄从上山经历看，大致可分为三种情况：第一种是主动上山，第二种是被动上山，第三种是半被动上山。具体说来，主动上山的，有些是天生的冒险家和反叛者，如晁盖、吴用、吕方、郭盛、杜迁、宋万等；有些是来自社会边缘的有识之士，如公孙胜、乐和、蒋敬、李俊、童威、童猛等；有些是慕梁山之名的投奔者，如汤隆、焦挺、时迁、鲍旭、邓飞、杨林等。被动上山的，有些是不为当时体制所容的精英人物，如秦明、花荣、黄信、裴宣等；有些是因为与恶势力冲突而弄出人命的流亡者，如杨雄、石秀、雷横、孟康等；有些是被无道官府逼上梁山的，如林冲、宋江、柴进等；有些是因为有突出才能，被梁山群雄半骗半逼入伙的，如卢俊义、李应、徐宁、安道全、萧让、金大坚等；有些是攻打梁山不成，被俘后“感于梁山之义”而受降的，如扈三娘、关胜、呼延灼、魏定国、单廷珪、凌振、董平、张清等；有些是先在别处占山为王，后被官府进剿，无家可归而前来投奔的，如武松、鲁智深、杨志、李忠、周通、孔明、孔亮等。半被动上山的，一般是带着交换条件入伙的，如郁保四、蔡福、蔡庆等；也有主人、兄长上了山而不得不入伙的，如宋清、燕青、杜兴等。

按照这样的划分方式，朱仝应该算在被动上山的人里面，而且是被骗上山的那一类，这是什么原故呢？

李卓吾说："朱仝是个正气伶俐人，非用此古侠割爱之法，必不能入伙，又须知是重义怜才，不是勾人落草。"这其实也颇同于梁山群雄所给的解释："哥哥在此，无非只是在人之下伏侍他人，非大丈夫男子汉的勾当。不是小弟纠合上山，端的晁、宋二公仰望哥哥久矣，休得迟延有误。"雷横所说的"晁、宋二公"，主要指其中的真正决策者宋江。为什么这样说呢？第一，吴用、雷横稍后即坦承"皆是宋公明哥哥将令分付如此"；第二，虽然稍后宋江将责任推到吴用身上，但吴用做此决定必须经过两位头领——晁盖、宋江的同意，而晁盖绝不肯滥杀无辜；第三，从前文看，晁盖"仰望"宋江，显然比"仰望"朱仝更甚，如果说"伏侍人"不是好汉勾当，那么当小吏就更不是了，但晁盖并没有逼迫宋江上山，否则他直接杀了两个公人，宋江就没有退路了。

此事既然出于宋江的意图，我们又知道以宋江的为人，他是断不会做没有利益的事情的，那么朱仝上山对于梁山或宋江个人而言究竟有什么益处呢？尽管按书中的描述，朱仝的武功高强，在征讨苏州时能够枪挑苟正，但当时的梁山将领中，林冲、秦明、花荣、李逵等人同样不弱，似乎不需要费这么大力气引朱仝上山。而且梁山最需要名将应该是在攻打祝家庄的时候，彼时不引朱仝上山，反而在事后赚取他，显然并非出于加强己方实力的考虑。有人认为，祝家庄被打下来之后，宋江的地位水涨船高，需要在自己与晁盖之间建立一个缓冲带，因此希望借重朱仝救命恩人的身份压制晁盖。但实际上，朱仝的地位绝不如吴用和公孙胜，宋江在山上已经可以用吴用反制晁盖，根本不需要他人。何况比起赚朱仝上山，请公孙胜回山的成本更低。但宋江此际并没有请公孙胜回归，所以他急于让朱仝上山一定另有缘故。

朱仝的上山时间，是在雷横上山之后、柴进上山之前。因而第一，在雷横上山后，郓城县能够呼风唤雨的人物只剩下朱仝一人。朱仝在郓城县的地位颇高。一般人想当都头，都必须自荐，而他和雷横是被大家保荐的。在已经有宋江和晁盖的郓城县，朱仝和雷横能有这样的人望，自然颇有本事。后来晁盖、宋江、雷横都上了梁山，只有朱仝留在郓城，他的影响力自然更大了。第二，朱仝有私放晁盖、宋江、雷横的恩情，并且已经认下私放雷横的罪名，所以江湖上已经将救雷横的功劳算在他名下。如果不及时将朱仝拉上山，只要朱仝愿意，便可以随时向人说明自己在营救晁盖、宋江等人的过程中所起的作用。宋江在清风山上向燕顺、王英等人宣扬自己救助晁盖一节，确实起到了树立形象、笼络人心的作用。与其将来跟朱仝争夺解释权，不如先逼迫朱仝上山，掌握主动权，以减少一个潜在的竞争对手。朱仝这个人做事精细，而且武力不错，江湖影响也大，在“有恩于梁山”这一名声的加持之下，纵使朱仝的实力和声望不如宋江，也远超智取生辰纲之前的晁盖。彼时宋江刚刚架空晁盖，绝不可能容许有这样一个潜在威胁存在。而且因为朱仝有恩于自己，宋江在朱仝面前已经处于道德劣势，所以朱仝必须上山。

而来到沧州的朱仝，竟然受到知府儿子的喜爱，他也一心都放在这个小娃娃身上。要把朱仝弄上山，必须先解决这个小娃娃不可。这倒是应了李卓吾所说的“古侠割爱”。这句话原本是说唐传奇中的聂隐娘。一个尼姑将聂隐娘抱走，传授她武功，要她刺杀一个滥杀无辜的大官，聂隐娘因为见到大官弄子为乐，所以没忍心立刻下手。尼姑便训斥她说：“以后再遇到这种人，先断其所爱，然后再杀掉他。”这是对大官之前滥杀的报复，朱仝却是梁山的救命恩人，怎么能用同样的手段？何况尼姑将聂隐娘训练得冷血，是让她充当无情的杀手，而梁山群雄断掉朱仝的所爱，难道是为了他上山之后对兄弟无情？两者的共同之处在于，尼姑对聂隐娘是不加感情的利用，宋江等人千方百计地拉朱仝入伙也是基于利益考量的。于是宋江暗中命令李逵一斧劈了年仅四岁的小衙内，让朱仝除了上山，再没有其他出路。

本无歹意的朱仝在被算计之后将一腔怒火全都发泄到李逵身上。为了顾全大局，吴用只得将李逵留在柴进庄上，并且嘱咐道：“待半年三个月，等他性定，却来取你还山。多管也来请柴大官人入伙。”又把柴进当成了下一个目标。李逵是个惹祸精，把他放在柴进庄上三个月甚至半年，一定会惹出事情来。何况李逵虽然是个粗人，但有了朱仝的例子在先，他也一定能领会到逼人上山的最好方式就是给人制造麻烦。所以他在完成惹祸任务后就回到了梁山，丝毫没有感到道德压力。拉柴进上山是因为宋江不可能允许江湖上还有一个“小旋风”分流自己的资源。正因为这方面的考量，为了让朱仝上山，宋江无所不用其极，不惜动用杀人机器李逵斧劈了年仅四岁的小衙内。

有人说，梁山众将中只有朱仝的结局完美，他“在保定府管军有功，后随刘光世破了大金，直做到太平军节度使”，这也是他被称为“天满星”的原因。然而我觉得，这句话不过是遁词。因为历史上的刘光世虽然与岳飞、韩世忠等并称为“中兴四将”，但那只不过是因为他救助过高宗赵构，而在更多的时候，他面对金军怎一个跑字了得。最后，刘光世的军队又陷入内斗，郦琼兵变，率领部队降金——跟梁山的毁灭之路如出一辙。

朱仝在这场兵变中是如何表现的呢？我们不知道。我们只知道“义”字后面“利”字的威力，它足以使很多看似牢不可破的豪杰同盟分崩离析。

朱仝上山，终究是一个悲剧。

惩恶的艺术

《水浒传》里写到的杀人，一向不是随意的。所谓“英雄好汉”之所以要杀人，除了以“惩恶”为目的之外，还要扬善，也就是要使恶人们不敢为非作歹。譬如以鲁达的身份和他在小种经略相公门下的地位，要动用公权力惩罚一下郑屠并不难。但郑屠作为一个屠夫，竟然自称“镇关西”，乃至欺男霸女，在鲁达看来就不是惩罚一下了事的问题了。所以鲁达打郑屠，是打一儆百、以暴制暴——在法律不能尽惩犯罪的时代，以个人暴力维护秩序，这就是“义”的含义。《中庸》说：“义者，宜也。”《水浒》时代的“侠”是为代替法律的功能而存在的，不像《三侠五义》中“侠”是为维护法律而存在——这是明显的不同。

鲁达拳打郑屠，原意也并非将他打死。用鲁达的原话来说，他是特地来“消遣”郑屠的。所以先要他把“十斤精肉，切做臊子，不要见半点肥的在上面”，又要“十斤都是肥的，不要见些精的在上面，也要切做臊子”，告诉他“不要那等腌臜厮们动手，你自与我切”。这实际上是把他打回屠夫的原形，让围观的人都看到这一点，灭掉他“镇关西”的气焰。然后将“两包臊子劈面打将去，却似下了一阵的‘肉雨’”，是故意在围观民众面前羞辱他，为民众出气，使他丧失尊严。有人认为鲁达这个行为是故意引郑屠动手，其实未必。从当时双方的身份看，鲁达是官，郑屠是民，官凌辱了民，民未必就敢还手。如果这时郑屠规规矩矩地跪在地上，让鲁达把那句“洒家始投老种经略相公，做到关西五路廉访使，也不枉了叫做‘镇关西’！你是个卖肉的操刀屠户，狗一般的人，也叫做‘镇关西’”骂出来，再老老实实挨对方几个为金翠莲而打的嘴巴，其实未必有性命之虞。郑屠这人虽然品质不好，但到底是个有尊严的人，加之平时又是个恶霸，将来还要在民众中立威，所以是不肯平白被鲁达侮辱的，于是终究还手了。俗话讲“打人不打脸”，但鲁达偏偏拿拳头往郑屠脸上招呼，正是对他的羞辱，使他在延安府彻底颜面扫地。至于边打边骂，是为了表明自己暴力行为的正义性。

这场架纯粹是为了好看而打。

武松报仇也是如此。作者写他杀潘金莲之前“请到四家邻舍并王婆，和嫂嫂共是六人。武松掇条凳子，却坐在横头，便叫土兵把前后门关了，不许任何人走动”；杀西门庆后“把两颗头相结做一处，提在手里；把着那口刀，一直奔回紫石街来；叫土兵开了门，将两颗人头供养在灵前；把那碗冷酒浇奠了”，然后高声向四邻说明自己为兄报仇的经过。在这两场杀人事件中，武松以道德的主持者自居，反复确认官员枉法之后，自己出面主持正义，他的杀人和自首都带有一定仪式感，具有榜样意义。他要凭个人力量执行政府未执行的法律，这种行为在现代法学中叫作“私力救济”。

武松打架也有自己的理论，他说：“凭着我胸中本事，平生只是打天下硬汉、不明道德的人。”但这不是事实，潘金莲和玉兰都不是硬汉，就都被他杀了，鸳鸯楼上那些人也未必都是“不明道德的人”，也被他一味血洗。他留下的那句“杀人者，打虎武松也”，更是具有表演性质。一句话，作者笔下的“英雄好汉”或多或少都是有表演型人格的。他们的打架和杀人多少都具备示范意义。正因为要追求示范意义，所以武松在杀了潘金莲和西门庆之后去自首，因为就当时的价值观来说，为兄报仇远远比遵守法律意义重大，所以他的行为是光明磊落的；而鲁达在打死郑屠之后远走避祸，是因为他考虑到一旦英雄惩恶的行为与国家法令显然冲突，就会出现“法律维护作恶者”的舆论，难以收到惩恶扬善的效果。鲁达的远走，会让潜在的作恶者尚有忌惮。

相形之下，林冲的朴忠性格使他不愿意出头，处处忍耐。但他也是有表演型人格的。所以鲁智深在大相国寺使禅杖时，他会在外喝彩；而在听到“偌大一个东京，没一个识得军器的”时，便回过头来买刀。他杀陆谦，骂：“泼贼！我自来又和你无甚么冤仇，你如何这等害我！正是‘杀人可恕，情理难容！’”他杀王伦，骂：“你这嫉贤妒能的贼，不杀了要你何用！你也无大量大才，也做不得山寨之主！”乃至前文所提及的卢俊义被李逵和吴用吸引，写下栲栳大小的字挑衅梁山，实际上也是他的表演型人格作祟。

在《水浒传》重点描写的武将中，只有杨志是为人低调，看不出表演型人格的。所以他押送生辰纲前提出："不要车子，把礼物都装做十余条担子，只做客人的打扮；行货也点十个壮健的厢禁军，却装做脚夫挑着；只消一个人和小人去，却打扮做客人，悄悄连夜上东京交付。"而且要求所有人都由他调度，准备十分精细。他的理想是"把一身本事，边庭上一枪一刀，博个封妻荫子，也与祖宗争口气"，所以他的行事风格并非林冲式的一味忍耐，而是谨慎。忍耐，是心中有火却被压抑着；而谨慎则是处处小心，内心是没有火的。即使他去卖刀，也只是"将了宝刀插了草标儿，上市去卖"，而不吆喝，所以"立了两个时辰，并无一个人问"。而在杀了牛二之后，杨志只是主动承担了罪责，说"洒家杀死这个泼皮，怎肯连累你们。泼皮既已死了，你们都来同洒家去官府里出首"，并没有像鲁达、武松、林冲那样，扯出一篇大道理来。所以鲁达、武松是"侠"，而杨志不是。林冲尚且有杀陆谦、杀王伦等主动出手的记录，而杨志的斗周瑾、斗索超、斗林冲、斗鲁智深都是被动出手，即使后来在曹正的撺掇下有心去夺二龙山，最终也是配合鲁智深搠翻了四五个小喽啰而已。所以杨志的历史没有上述几人那样光彩，他的星号是"天暗星"，几次出场都不过是林冲、晁盖、鲁智深等人的陪衬而已。

作者刻画英雄人物的表演型人格，是希望通过他们具有观赏性的行为，传递自己的社会政治思想，真正地惩恶扬善，淳化社会风气。但诉诸暴力的“私力救济”，是无法一劳永逸地解决问题的。明朝的海瑞以清官自居，每每惩戒贪官富民，所到之地，贪官震恐，富人将朱色大门涂成黑色，但海瑞一旦离境，这些人贪渎、欺压如故。所以海瑞的努力并没能收到应有的效果，鲁达、武松的惩恶扬善自然也可以作如是观。凡事只靠人治和暴力，这样的正义只是建立在冰山上的，仍然改变不了恃强凌弱的社会现实，改变不了弱肉强食的丛林秩序，也改变不了世道人心。要真正杜绝恶、弘扬善，只能通过完善法律和加强法律的执行力，变“侠”的时代为“法”的时代，而这恰恰是我们很难在《水浒》的世界里看到希望的。

强盗与佛

鲁智深在《水浒传》里有两种形象：一种是胆大心细。这在他救助金翠莲时故意拿一条长凳坐着不让人靠近，野猪林救林冲时不让董超、薛霸盘问姓名，在梁山上反对招安时提出非常理性的反对意见都可以看出。这个个性是一贯的。另一种是大胆而胡作非为。大闹五台山一节他不将金刚放在眼里，不将佛祖、关公放在眼里也就算了，还扰乱佛堂，醉酒打山门。别人不卖给他酒，他便一脚向那人的胯下踢去。分明是个强盗。

他做出家人的时候言行像个强盗，强迫别人卖酒；但真做了强盗，到二龙山落草以后反倒扶危济困，有着一颗佛心。当然，从文本形成的复杂历史看，我们可以猜测鲁智深在五台山上的这两回是杂糅了其他来源的传说、故事的。但《水浒传》是一部文人参与程度相当高的小说，作者为什么不将两处情节整合起来，是值得我们思考的。

何况，五台山上的情节我们尚可以用作者忘了整合来解释，而鲁智深坐化这一情节的设置显然是作者有意为之了。那夜，鲁智深听到潮信，想起了师父“听潮而圆，见信而寂”的偈子，便问其他僧侣道：“既逢潮信，合当圆寂。众和尚，洒家问你，如何唤做圆寂？”他作为一个和尚，非但不懂佛经、佛理，连“圆寂”这样的佛家用语也不知道，可见他在五台山时与那些和尚没有多少交流。

鲁智深一生为侠，为盗，临死才决意认真做和尚。他在圆寂前写下偈子：“平生不修善果，只爱杀人放火。忽地顿开金绳，这里扯断玉锁。咦！钱塘江上潮信来，今日方知我是我。”颇有些禅意。他一生行侠，上山为僧只是逃避人命官司的权宜之计。作为豪侠，鲁智深是不愿居于人下的，也不肯受规矩的束缚，常常有意打破佛家的清规。而后救林冲，打周通，火烧瓦罐寺，直到夺取二龙山，一系列强盗行径的背后也都是侠义精神。

他虽然很早就做和尚打扮，却在全书快结束处才真正自愿地遁入空门。他在打方腊之后对宋江说：“洒家心已成灰，不愿为官，只图寻个净了去处，安身立命足矣！”无他，鲁智深行侠一生，到头来发现行侠靠一人不济事，救得了金翠莲却救不了玉娇枝；靠梁山也不济事，群雄的结果无非是死伤星散；靠朝廷也不济事，忠心的战死沙场，奸佞的作威作福。世界上的侠是有限的，而冤屈是无限的，这让他心灰意冷——以前做和尚是避祸，现在做和尚是避世。但避世依然是当和尚的初等境界，因为真正的高僧大德追求的并不是回避世界，而是迎接世界。所以他临终才真正醒悟，认可了“平生不修善果，只爱杀人放火”的“我”才是“真我”。这就由“看山不是山，看水不是水”回到了“看山是山，看水是水”的境界，看似复归，实际上是一种提升，提升到佛法的最高境界。

至少从《水浒传》看，武松的境界不如鲁智深。武松的星号是“天伤”，“伤”即为人所骗、为人所误的意思。他原本相信王法，在兄长武大被潘金莲杀害后，还一度谋求通过法律途径伸张正义，但求告无门，最后只能用“私力救济”的方式报仇雪恨。他被张都监留用，却转瞬被诬陷为盗贼，这和林冲被诱入白虎节堂的经历很相似，可见人心不可信任。何况这个陷害武松的计谋还有玉兰以情人的名义参与，可见爱情也是不可信任的。

金圣叹早已指出：“张都监令武松在家出入，所以死武松也，而不知适所以自死。”作为都监，他要弄死武松，实在是有很多办法。武松醉打蒋门神虽然不过是黑吃黑，但他因打虎、杀嫂等事迹而带着道德光环，所以张都监不但要在肉体上把他消灭，还要在精神上把他弄垮，必须诬陷他是贼，才能让他死也抬不起头来。而要让计划顺利实施，就必需先表演礼贤下士不可。武松之所以杀了他满门，不只是因为自己险些丧命，更是因为名声受到了玷污。

再遇到宋江时，宋江只是劝武松不要落草：“如得朝廷招安，你便可撺掇鲁智深、杨志投降了，日后但是去边上一枪一刀博得个封妻荫子，久后青史上留得一个好名，也不枉了为人一世。”相比于在柴进庄上，宋江依依不舍地又送银子又百般嘱咐，态度差得多了，可见宋江标榜的“忠义”也不可靠——后来宋江提出招安，武松站出来反对，未必不是此时就留下了心结。所以“众虎同心归水泊”时，武松只引荐了鲁智深和杨志，并没有和宋江多叙旧的话。

后来的武松有时和鲁智深一道作为悍将出战，有时单枪匹马迎敌。除了反对受招安一节尚表露了一些他自己的思想之外，其他时候只是作为一个杀人工具而存在的。武松因绝望而至于无情，是特别符合古人“无欲则刚”的思想的，金圣叹之所以屡屡称他为“天神”，恐怕就是因为看到他没有情感这一点。所以武松辞别宋江时没有像鲁智深那样对宋江做很多解释，只是说道：“小弟今已残疾，不愿赴京朝觐。”宋江明白武松的心意，只说：“任从你心！”但武松的“无情”并不是“空”，他仍然执迷于背叛、杀戮，仍然在怀疑甚至憎恨这个世界，而不是爱这个世界。所以他并不能像鲁智深临终时一样放空自我，只是心存怨恨，有求于佛，而谈不上大彻大悟。到了《水浒后传》里，陈忱安排武松回忆自己一生经历，说景阳冈打虎“算不得英雄，不过一时粗莽。若在今日，猛虎避了他，张都监这干人还放他不过”，这才是真正有了佛性。可惜在《水浒传》中，我们是看不到这一层的。

与鲁智深、武松不同，公孙胜一出场便是道士，但同时也是想劫生辰纲的强盗。道士与强盗这两重身份在公孙胜身上并不矛盾，他的彻悟比鲁智深和武松都早。其实，创立道教的张道陵本就有离开朝廷，自行救助万民的思想，既有着对抗朝廷的勇敢精神，也有着宗教家的慈悲情怀。后来张角发动黄巾起义，张鲁割据一方，在当时统治者的观念中，都是扰乱社会秩序的大盗，但张鲁政权施舍粮食，宽待民众，所作所为并不是强盗式的。

公孙胜看好宋江的势力，借下山接引老母的理由离开山寨，这是故意引起宋江的注意。但他的权力欲望并不强烈，宋江打算授他掌管机密军师之职，他无心接受。他几次为梁山出征，功劳都在于破解敌人的法术，而不是在战争策略上有所谋划。他以术士自居而不涉机密，所以能够在政治中全身而退。他作为侠客，非常清楚“行侠”应有的边界，所以平定辽朝以后立刻离开梁山大军，不与方腊做龙虎之争。相对于鲁智深，公孙胜对于侠客的社会角色有着更为清醒的认识；相对于武松，尽管两人都是冷眼看世界，但公孙胜多了一点热血，他是理性的，但是并没有陷入绝望。李逵下山迎接公孙胜时遇到了公孙胜的师父罗真人，罗真人将梁山事业定性为“非出家人闲管之事”，其境界与公孙胜相比远远不如。道家一向崇拜太上老君、元始天尊、灵宝天尊，谓之“三清”，而公孙胜的道号是“一清”，可见作者对其期许不小。

从这个角度观照公孙胜，其智取生辰纲正是佛、道两家所讲究的“回向”，也就是从世俗的苦难中超脱之后，又跟随世俗之人一同经历苦难，最终把世间人都渡入极乐真地，这才是佛与道的最高境界。公孙胜的道行虽然未必已臻如此至真至善之境，但是他的“回向”，即对真理与正义的追寻，使他可称有良知的英雄而无愧。公孙胜不是强盗，而是英雄。只是在《水浒》的时代，把英雄认作强盗或者把英雄逼为强盗的事情实在太多了。

公孙胜的学生有樊瑞、朱武。樊瑞出场时也是一个江湖术士，但世俗欲望极强，扬言要吞并梁山泊大寨。但樊瑞终究是术士，而非道士——自古道、术有别，“道”是境界，而“术”不过是方法——“魔高一尺，道高一丈”，所以“混世魔王”遇到了“一清道人”，当然只能被收服。而且归顺梁山之后的樊瑞没有再用过法术，只是作为步兵头领作战而已。把术去了，只留下人，当然也是修成正果的一条路径。

虎！虎！虎！

《水浒传》里正面写虎一共有三次：武松打虎、李逵杀虎、二解捕虎。

《水浒传》里的武松打虎本来是一幕过场戏。《水浒传》的写法被西方汉学家总结为“滚雪球式”，即一个人物的故事发展到静止，便推出下一个人物。例如，武松的故事就是宋江推出来的。那时候宋江赶到柴进庄上见到生病的武松，深自结纳，武松离了宋江便一路向家，来到景阳冈便有了打虎一事。打虎后的武松本来要做一个守法的都头，但西门庆不但把他的嫂子抢在怀里，还和他嫂子合谋暗害了他的哥哥，后来他又遭到张都监的陷害，性情大变，成为“天伤星”。

近年一个关于武松的故事很流行。说蔡京有个儿子叫蔡鋆，即《水浒传》中的蔡九知府。卖艺的大汉武松因为“貌奇伟”被杭州知府高权相中，当上了都头，不久又因功被升为提辖。后来高权得罪了权贵，被革职查办，便由蔡鋆接任。没想蔡鋆虐政殃民，被百姓称为“蔡虎”。武松对此人恨之入骨，于是用尖刀结果了他，最终被处以重刑，死于狱中。这个故事愈传愈广，乃至有人煞有介事地引出几句文言文来，以示流传有自。但这些引文出于何书，却言人人殊，有人说是《西湖大观》，有人说是《临安县志》《杭州府志》《浙江通志》等。但经笔者查证，这些都是子虚乌有的，且这些“文言文”文理不通，出于今人杜撰是很明显的。要之，杭州人对武松颇有信仰，在民国时期，杭州市政府还在西湖边上立碑，其址就是今天的“宋义士武松之墓”。而上文提到的那则出于杜撰的“杀虎”故事，当然比景阳冈打虎更具有社会意义，是近世民间文学对武松打虎故事的进一步深化。

李逵杀虎是在接母上山的路上，由于他的疏忽，双目失明的老娘被老虎所害，他一怒之下砍杀了一窝四虎。如果说之前的大闹江州一节，尚且是写李逵的莽撞，这一节写他吃李鬼的腿肉，则突出表现了他的血腥、残忍、毫无人性。其人对母亲的孝尚有一丝可取之处，可在他的母亲遇害之后，他仅剩的人性也泯灭殆尽了。他斧劈小衙内，终于与以义自命的朱仝产生芥蒂，便留在了柴进庄上。

柴进这个人，按《水浒传》的原文是“大周柴世宗子孙，自陈桥让位，太祖武德皇帝敕赐与他‘誓书铁券’在家，无人敢欺负他”。柴进不但是周世宗的子孙，而且是嫡传，即柴氏一门的族长，所以他的叔叔柴皇城虽然辈分比他高，却要受他的管理，而且誓书铁券也存于柴进家中。殷天锡不过是高俅弟弟高廉的妻弟，可就是这样一个权贵的远亲，也敢于公然强占第二流贵族柴皇城的宅院。如果说，王进和林冲的故事给了我们近观高俅的机会，那么这一节便是对高俅的远观，让我们了解到他的势力有大的覆盖面。

很多人认为李逵打死殷天锡是柴进上山的关键，然而即使没有李逵的出手，柴进也难逃一劫。从当时的态势看，柴进左右不过是挨打，他的庄客一旦反抗便有了对抗官府的口实。如果对抗失败，柴进也难逃一死，宅院一样被占；如果侥幸成功，柴进拿回誓书铁券，也未必能保住家园。更何况与高俅兄弟结下梁子，秋后算账是迟早的事，总之是死路一条。李逵的出现只是让柴进的情况变得更坏、更险，且除了上梁山之外无路可走，更有利于梁山的发展壮大而已。柴进号为“天贵星”，以其当世贵族身份尚且不免于被权贵欺凌，升斗小民是什么处境更可想而知了。

二解捕虎发生在三打祝家庄的过程中，里正毛仲义只因为要争猎虎的赏钱便诬陷解珍、解宝，让他们身陷缧绁之中，而他的女婿孔目王正则负责罗织罪名。在当时社会，孔目的权力可大可小。身为孔目，敢于对抗不公正上司的裴宣，只能被刺配沙门岛；而徇私枉法、苛待犯人的王正，简直可以一手遮天，决人生死。《三朝北盟会编》载：岳飞入狱，垂手而立。狱卒对他呵斥道：“叉手正立！”岳飞感慨：“我曾经统帅百万大军，今天才知道小小狱卒，威风如此！”其实，何止狱卒如此，即使是为官家切肉的屠夫，也一样可以欺男霸女。比如郑屠夫投靠在小种经略相公门下做个肉铺户，自觉后台很硬，便横行霸道，乃至得了个“镇关西”的诨号。

我们读《红楼梦》，读到贾母说自己是“中等人家”时不禁心头一颤，因为不敢想象“上等人家”究竟有着何等的富贵奢华；我们读《水浒传》，读到镇关西竟然是屠夫时心头又一颤，因为一个小角色就有如此嚣张的气焰，不敢想象他的靠山有着何等的势力。

《皇宋通鉴长编纪事本末》记载：北宋年间，吴育担任参知政事。山东出现了强盗，皇帝派亲信访查。亲信回来对皇帝说：“强盗没什么可怕的，兖州杜衍、郓州富弼，受到人民很大的拥护，这才是您真正应该忧心的。”皇帝听罢，当即决定把杜衍和富弼调到淮南。吴育对皇帝说：“强盗确实没什么可怕的，但是有小人乘机排挤百姓拥戴的大臣，这种危害才是很致命的。”于是皇帝又收回了成命。

杜衍、富弼身处人才济济的北宋鼎盛时期，彼时诗文上有梅尧臣、苏舜钦、欧阳修、三苏父子和曾巩，朝政上有范仲淹、庞籍、司马光、王安石，学术上有程颢、程颐两兄弟，司法上有包拯，可谓极一时之盛，社会政治也颇为清明。尽管如此，杜衍、富弼这样让百姓真心拥戴的地方官也很难得，其余时代就更可想而知了。

天捷星姻缘传奇

从《水浒传》的文本看，作者并不善于写情，或重点不在情。例如第六十九回写风流双枪将董平和程太守女儿的故事，俊男靓女十分般配，且董平武艺非常，正适合做爱情故事的男主角。程太守从中作梗，如果换一个作家来写，恐怕会重点着墨于两个人的情感纠葛，但《水浒传》的作者偏偏放过了这个题材。董平的故事中有两个疑问未解：第一，我们始终不知道程小姐的态度，不知道他们是两情相悦还是董平单方面对程小姐有兴趣。第二，后来董平攻下东平府，杀害程太守，夺走程小姐，到底是因为对程小姐有真感情还是出于单纯的占有欲。程小姐是否愿意与杀父仇人做夫妻，董平战死后她的命运如何，其实都是大有文章可做的，但依《水浒》作者的认知，女人是可以作为战利品分配的，就像扈三娘嫁与王英以后，“两口儿只得拜谢了”，董小姐的内心世界同样不值得花费笔墨。

非但如此，在作者看来，爱情也是可以作为战利品的，所以程小姐被董平掠夺后并没有任何反抗意识。有时我甚至想，《水浒传》看上去是一部“非性”的文学，但作者重性轻情的倾向非常严重。《金瓶梅》往往被视为“纯性”文学的代表，但李瓶儿在生了孩子之后，与西门庆的关系反而有了爱情的成分——这种细腻的感情是《水浒传》的作者完全不具备的。

再进一步看，《水浒传》的作者非但不重视爱情，而且简直将一般的夫妻之情、父子之情和亲兄弟的感情写得太淡。比如宋江和宋太公之间就只有利益的计算，宋清和宋江的关系也很平淡。如果说这只是宋江的性格使然，那么张横和张顺、童威和童猛以及三阮之间也看不出什么手足情深。如阮小七听到阮小二、阮小五的死讯后，没有任何悲伤的表示，反而穿着方腊的黄袍戏耍，一般情况下，亲兄弟之间的感情绝不是这样的。何况，虽然梁山上秉承“四海之内皆兄弟”的传统，但早认识的兄弟和晚认识的兄弟，曾在一个小山头上的兄弟和最后才融为一个大集体的兄弟，彼此之间的关系也完全不一样，这是集体生活的必然。所以，看上去作者写了英雄好汉们的大忠大义，但实际上忽视了个体的人所应该具有的情感，这是非常使人遗憾的。所以后来的续书者有意识地补充描写了水泊英雄的人性和情感，同样是阮小七，到了《水浒后传》中，在登云山与邹润、孙新等聚义，兄弟们相依为命的情感就比《水浒传》里真实得多。

事实上，这种漠视爱情的观念就连当时的衍生文学作者也无法认同。《水浒传》原本只有一百回，但后来补入了简本中“征田虎”“征王庆”的二十回。文学研究界虽然一般对这二十回的评价都不高，但我们今日读来却可以感知到续作者对爱情的态度和原作者不同。例如，续作者是以爱情小说的笔调来写张清和琼英的故事的。

一天夜里，没羽箭张清睡梦恍惚之间，见到一位白衣的秀才请他去教一位姑娘枪法和飞石。没羽箭年纪很轻，又着了一身绿袍，更显潇洒，所以很快和姑娘坠入爱河。这姑娘就是琼英。白衣秀才对琼英说，这位将军是天捷星下凡，是你命中注定的郎君。刚巧现实中的琼英也做了同样的梦，并为此病倒了，吩咐家臣叶清去请医生，刚好被宋江拿去。而这时张清也恰在病中。神医安道全得知后大声称异，同张清化名全灵、全羽，随叶清回去。琼英一见张清，便认出了他是梦中的绿袍将，于是比试了枪法、飞石，果然不错。最后琼英与张清成婚，杀了田虎为母报仇。

原文并没有着笔于张清的相貌，只写他身穿绿袍，这真是文章高手的写法。须知绿色有两种：一种是暗绿，只适合关羽之类稳重的老将，而不适于张清这样的年轻人；还有一种是葱绿，显得青春勃发，但只有白皮肤的人搭配着才顺眼，只有相貌堂堂的人穿起来才得体，张清身穿绿袍正反衬出他是一个雪白俊俏的青年。

续作者虽写琼英是“美貌女子”，却没有着力刻画，只说王英出战琼英时“拴不住意马心猿，法都乱了”。扈三娘见琼英伤了王英，大骂道：“贼泼贱小淫妇儿，焉敢无礼！”

现代评论家读到这里都一致说扈三娘忘了王英当年对自己的轻薄，反而为虎作伥，沦落到这个地步。但我觉得，分析人物的思想性格变化，要将原作者和续作者的观念与意图做出区分，不宜将补续的二十回里的扈三娘与原本一百回里的扈三娘同等看待。考察续作者的用心，不过是将扈三娘和琼英做一个对比，以王英的眼光衬托出琼英之美胜过扈三娘，而扈三娘的骂并不是针对丈夫的花心，而是出于对琼英之美的嫉恨。原作者笔下重点刻画的人物到了续书者手里成为陪衬是常有的事，例如《呼家将》里面杨家将的故事便退居二线，《小五义》的故事里“大五义”也都作为配角登台，因而我们读此段也只宜重视琼英而不必论扈三娘了。在这种视角下，我们发现张清和琼英的婚姻堪称天作之合。

宋江征讨方腊，会集将领，琼英因怀孕留在东京，生下张节。本来夫妻恩爱，又有儿子在身边，正该幸福，没想到却传来张清阵亡的消息。这固然是她的不幸，但在那个无视爱情的《水浒》世界里，竟收获了这样一份短暂而切实可感的爱情，这何尝不是一种幸运呢？

李逵的强盗逻辑

元杂剧写梁山泊故事的极多，《水浒》作者在创作时不可能把所有的故事整合进来，只能将和故事主线结合紧密或是为大众所熟知的那部分整理进来，其他与故事主线联系不紧密，或和《水浒》的人物设定显然矛盾的，通常只好舍弃。比如光是李逵的故事，元杂剧当中就有《黑旋风双献功》《梁山泊黑旋风负荆》《大妇小妻还牢末》《黑旋风穷风月》《黑旋风大闹牡丹园》《黑旋风乔教学》《黑旋风诗酒丽春园》《黑旋风借尸还魂》《黑旋风斗鸡会》《黑旋风敷演刘耍和》《黑旋风乔断案》《黑旋风老收心》《板踏儿黑旋风》等。在这些故事中，黑旋风李逵大多数是作为喜剧角色存在的，而按《水浒传》中的人物设定，黑旋风是一个杀人不眨眼的魔王，这两种形象没有办法整合在一起，因而一些有趣的故事，只好被《水浒》的作者舍弃。

还有一些虽游离于主线，但与故事主旨、人物形象设定不甚矛盾的故事，被集中安排于梁山聚义和征辽之间，即受招安时期。所以我们在读受招安时期的故事时，总会觉得非常凌乱。正因如此，现在编电视剧的人，会把这些故事嫁接到一起。比如李逵到寿张县坐衙和负荆请罪这两个故事在原著中是分开的，但是很多影视作品改编者都不谋而合地把这两个部分安排在一起。

然而，尽管招安时期的故事比较零散，但是当中有很多情节是符合作者的思想倾向和《水浒》主旨的，比如李逵在寿张县假装坐衙，旁人都不敢来告状，他便要两个牢子来扮演打架告状的人。此时李逵说出了他的经典理论："这个打了人的是好汉，先放了他去。这个不长进的，怎地吃人打了？与我枷号在衙门前示众。"这体现了他的（也是《水浒》群雄的）强盗逻辑：弱肉强食，天经地义。

所以李逵眼里的好汉，说到底就是强者。强者的第一个要义就是自己打出一片天地，不冒别人的名头。所以听说李鬼冒用自己的名字，李逵第一反应是"你这厮辱没老爷名字"——其实在乔坐衙这一节中我们知道，李逵的名字是"医得小儿夜啼惊哭"的，并不是什么好名声，但李逵仍然认为冒用不得。他也将梁山的名声看得很重要，所以当他听说韩伯龙是梁山好汉时，只是觉得"我山寨里那里认得这个鸟人"，便一板斧把韩伯龙砍了。一旦听说宋江霸占了刘太公的女儿，便砍断杏黄旗，绝不与宋江善罢甘休。

此外，弱肉强食还意味着尊重强者。所以他被焦挺打了，不但没有生气，反而心中暗许："这个汉子倒使得好拳。"甚至耐心地向他证明自己就是李逵。这不是个例，即使好色霸道如周通，也在被李忠打赢后，真心实意地留李忠做寨主。

而相形之下，李忠就龌龊很多，打劫时斗不过客人便唆使手下一拥而上。而周通这时也没有留下客人的诚意，反而搠死了七八个客人。这实际上反映了他强盗逻辑的转变升级，他所信奉的，从“弱肉强食”变成了“权力至上”。

“弱肉强食”和“权力至上”说到底都是霸权意识，但一个属于江湖，一个属于庙堂。前者是丛林法则，虽然也带着压迫色彩，但至少意味着机会均等；而后者被朝廷命名为“法律”或“制度”，但其本质不过是用权力压迫官民，被压迫者完全没有反抗的余地。王进、林冲等很多人之所以离开朝廷，正是因为朝廷的暴力压迫，使他们失去了维护自己权利的机会，不得不寄希望于江湖。而江湖一旦成为朝廷的翻版，便失去了原初的意义，对这些出走者而言，再无价值。鲁提辖拳打镇关西，是希望通过暴力维护社会秩序，一旦江湖成为朝廷，即使强于鲁智深十倍、百倍的英雄也无从反抗。

鲁智深带着李忠的金银器下山，本义是通过自己的“弱肉强食”教训李忠的“弱肉强食”，却不知李忠之所以没有制裁他，不过是念及他们之间的一点交情，否则李忠全山寨集体出动，不愁不能战胜鲁智深。李忠后来之所以托庇于二龙山，是因为鲁智深、杨志的二龙山实力远远大过桃花山，这也是“弱肉强食”——只是由个体间的“弱肉强食”转变为集团间的“弱肉强食”——达尔文讲生物进化，严复把它译为“物竞天择，适者生存”，说明不但在自然界有优胜劣汰这回事，社会发展也以某种方式符合着进化论，这是很对的。

自然的，“弱肉强食”的法则只适用于江湖，而朝廷是最大的暴力机器，单一的民间团体在朝廷面前都是微不足道的弱者。所以江湖必须要强大到足够与朝廷抗衡才行，这就必须搞联合。因而江湖上除了用暴力决出等级之外，还需要用感情确定秩序，这就是“义”——按照“弱肉强食”的丛林秩序，宋江并非食物链顶端的掠食者，却可以成为梁山之主，原因就在于此。“义者，宜也”，就是用最合适的方法制定或维持江湖秩序，而这一秩序能够为江湖提供安全保障。所以三山聚义打青州，只能靠宋江调度、协调。对于江湖而言，义气就是能力，能力就是名声，所以鲁智深见到宋江时说道：“久闻阿哥大名，无缘不曾拜会，今日且喜认得阿哥。”

秩序的稳定无疑要依靠等级的确立，所以英雄排座次对梁山来说十分必要。尽管《水浒传》的作者用天降石碣这一超现实的故事情节，巧妙地将梁山等级如何确立的问题回避了，但梁山这一庞大的组织架构中，即使没有石碣的指示，也必然要区分上下尊卑，这就牵涉到许多现实人事问题。等级就是“礼”，《老子·德经》有言：“失仁而句义，失义而句礼。”因为“仁”“义”失去了约束力，所以有了“礼”；如果“礼”再失去约束力，“法”的产生就是必然的了。梁山最终会走上重法的道路，铁面孔目裴宣这个人物的存在就暗示了这一点。法律的存在是为了限制人，而限制人正是为了维护统治，所以法律是权力的一部分。这样一来，原本讲“义”的江湖，最终会向朝廷靠拢，从而将“忠”放在更重要的位置上。宋江早就懂得这个道理了，李逵们不懂，不过是无知而已。

所以即使宋江得了天下，新的朝廷也注定会重建一套与历代并无二致的权力体系。李逵们的强盗逻辑不过是权力幼稚期的产物，只要江湖权力走向成熟，就会完成“朝廷化”，最终成为江湖的对立面，这样，逼上梁山的悲剧便会不断重复上演。

真假九纹龙

读《水浒》的人大多知道，一部《水浒》是从高俅写起的，金圣叹说："不写一百八人，先写高俅，则是乱自上作也。"这几乎已经成了解读《水浒传》的定评。与此同时，大家很容易忘记，一百零八将才是《水浒传》的真正主角，而一百零八将中率先出场的是九纹龙史进。对此，金圣叹曾做过这样的解释："史之为言史也，固也。进之为言何也？曰：彼固自许，虽稗史，然已进于史也。史进之为言进于史，固也。王进之为言何也？曰：必如此人，庶几圣人在上，可教而进之于王道也。"这显然是望文生义。"九纹龙史进"这个名字是在《大宋宣和遗事》里就有的，《宋江三十六人赞》里写道："龙数肖九，汝有九文。盍从东皇，驾五色云。"可见与《水浒传》作者的创作意图无关。但这并不意味着《水浒传》以史进开篇是全然没有设计的。《水浒》作者给史进拟定的星号是"天微星"，"微"在这里的意思不是微小，而是精微、幽微，即深刻。《春秋》有所谓"微言大义"，《水浒》作者在一百零八将中安排史进第一个登场，盖亦有大义存焉。

史进这个人的特点，一言以蔽之曰：平常。

首先是他的出身平常。他来自庄户人家，不曾大富大贵，也没有很大的见识；他也并非穷苦人家出身，体验不到穷苦百姓生活的艰难。他试图突破环境限制，提升自我，但客观条件使得他的愿望难以实现。王进说他“这棒也使得好了，只是有破绽，赢不得真好汉”，而他在其他方面的本领也可以作如是观，否则就不会为李睡兰所骗陷入牢房里。

其次是本事平常。他刚出场的时候跟李忠一行人学了几套拳脚、棍棒，结果一交锋，就被王进一棍打翻。虽然跟王进学了半年长进不少，足以生擒跳涧虎陈达，但在上了梁山后很难和其他豪杰相颉颃，一旦碰上武艺非常的对手，更是频频失利。他有行侠仗义的心，但救玉娇枝被太守捉了，探听情报又被李睡兰骗，可见各方面能力均属一般。

再次是经历平常。在《水浒传》专章叙写的英雄人物里，史进的命运是最没有起伏的。鲁智深有醉打山门、野猪林搭救林冲，林冲有误入白虎节堂、火烧草料场，宋江有怒杀阎婆惜、浔阳楼题反诗，武松有景阳冈打虎、斗杀西门庆、血溅鸳鸯楼……只有史进落草少华山缺乏戏剧性，不够扣人心弦。

最后是性格平常。在梁山上，他很少表达自己的意见。而且他的最终排名也不显山露水，在李逵和穆弘之间，不高也不低，使得后世评论家无可置喙。

以平常起文，正是《水浒》作者的大手笔，用曹雪芹的话讲：“这句虽粗，不见底下的，这正是会作诗的起法。不但好，而且留了多少地步与后人。”而先写史进的用意之一就是为鲁达的出场做好铺垫。金圣叹评论道：“此回方写过史进英雄，接手便写鲁达英雄；方写过史进粗糙，接手便写鲁达粗糙；方写过史进爽利，接手便写鲁达爽利；方写过史进剀直，接手便写鲁达剀直。作者盖特地走此险路，以显自家笔力，读者亦当处处看他所以定是两个人，定不是一个人处，毋负良史苦心也。”史进是平常人，当然以平常的写法；而鲁达是非常人，当然有非常的写法。一个写淡，一个写浓；一个写莽撞，一个写豪爽。

讲史进，不得不先讲王进。胡适在《水浒传考证》中说，王进就是王庆，今日通行一百回本《水浒传》原本没有征王庆的故事，只是“柴进簪花入禁院”一回中提到了他和田虎的名字，一百二十回本是以袁无涯刻本为底本的，将王庆、田虎的故事增插了进来。纯粹从文学的角度看，王庆的故事和王进、林冲很像，三人都被陷害，都被迫离京，都曾经用棍棒打翻别人。王庆的故事原本包含情爱和色情的内容，很为《水浒》的作者所不取，因而被作者提炼改造成王进和林冲两个人的故事，保留了家庭生活的内容而剔除了情爱成分。我们找不到支持胡适猜测的直接证据，但这一点确实是大可玩味的。

有人说王进在历史上实有其人，亦名王庆，不知道出于什么典籍。史进这个人倒确实是于史有征的。《建炎以来系年要录》记载，建炎元年（1127）七月，“贼史斌据兴州，僭号称帝——斌本宋江之党，至是作乱”，“建炎二年（1128）十一月，泾原兵马都监兼知怀德军吴玠袭叛贼史斌，斩之”。这里提到的“史斌”，很有可能是史进的原型。从这段记载看，宋江确实投降了朝廷，而这位史斌就是不赞成宋江投降路线的人，因而再度“作乱”。

打渔杀家

《打渔杀家》是秦腔和京剧的名剧，因为曾经脍炙人口，所以前辈研究者们提到它时都不屑于介绍情节。但时至今日，普通读者对《打渔杀家》一剧恐怕不见得熟悉。大家都说这部戏改编自《水浒后传》，其实它除了借用“丁自燮”这个人名并改作“丁士燮”外，和《后传》几乎没有什么关联。

《后传》的开篇是阮小七跟随邹润、孙立兄弟去登云山落草，但《打渔杀家》里，登场的是一个化名萧恩的渔夫，并且有一个女儿名叫萧桂英。萧恩打渔时获得了一颗宝珠，名唤“庆顶珠”，顶在头上，可以避水开路。这颗庆顶珠后来成为桂英与花荣之子花逢春的订亲信物。一年因天旱水浅，鱼不上网，萧恩欠下了乡宦丁士燮的渔税银子。丁士燮遣恶奴丁郎前去催讨，却又被萧恩好友混江龙李俊和卷毛虎倪荣撞见，二人心下甚为不平，将丁郎顶撞了回去。丁士燮闻讯怒不可遏，派教师爷率一干打手至萧家强行索银，大打出手，萧恩怒将来人打得落花流水。

萧恩自恃有理，抢先至官府报案。可县令吕子球贪赃枉法，早就与丁士燮沆瀣一气，反诬萧恩抗税，杖责四十大板后赶出公门，并且要求他连夜过江向丁士燮赔罪。萧恩决心将丁士夔杀掉，女儿桂英也要同往，萧恩准许了女儿的请求，但是要求她事后到夫家避难。是夜，父女二人以献宝珠为名，闯入丁府，杀了丁士夔全家。至于结局，有的版本说萧恩远投他乡而去，有的说萧恩自尽，萧桂英与花逢春完婚。

《水浒后传》和《打渔杀家》都以阮小七为开端人物。

首先，阮小七乃性情中人。吴用劝三阮参与智取生辰纲时，阮小七便说："若是有识我们的，水里水里去，火里火里去！若能勾受用得一日，便死了开眉展眼！"此后他随晁盖、吴用上梁山，劫法场，诱卢俊义下水，成为重要的水军头目。虽然接到两位哥哥的死讯时，他身穿方腊的龙袍戏耍，看上去对手足没什么情义，但推原作者的本心，可能并非有心将他写成一个冷血的人，而是想告诉读者，他将帝王之事都看作儿戏。

其次，阮小七是水泊梁山的幸存者。梁山的第一批首领王伦、杜迁、宋万、朱贵、林冲等人早已物故。第二批首领，也就是七星聚义的参与者中，除了公孙胜，也仅剩阮小七了。这时，公孙胜已经超然物外，不再涉足江湖，所以阮小七就成了梁山早期历史的唯一代表，也是后世续书作者寄托"忠义"理想的最佳对象。

再其次，阮小七是梁山接受招安后唯一复职为民，没有出家且没有财产积蓄的人，所以他此后的人生路应该比其他梁山幸存者更为艰难。也正因为他具有平民身份，才可以在尘埃落定之后，从旁观者的角度重新审视梁山事业和梁山为之奋斗过的朝廷。对于《水浒》的续作者而言，阮小七提供了一个不可或缺的视角。

实际上，三阮在刚出场的时候并没有抗争的打算。阮小五对吴用说道：“教授不知，在先这梁山泊是我弟兄们的衣饭碗，如今绝不敢去。”而吴用则利用阮氏兄弟“空有一身本事”的抱怨，给他们勾勒了跟着晁盖和自己的前景，向他们许诺“取此一套富贵不义之财，大家图个一世快活”。所以吴用与三阮一边是“正好用计”“我且慢慢地诱他”，一边是“我三个若舍不得性命相帮他时，残酒为誓”；一边是残忍阴险，一边是光明磊落；一边是句句有玄机，一边是心口如一；一边要达到目的，一边要追求理想。所以阮氏三雄没有自己的价值标准，只能为吴用所利用，沦为吴用的工具。孔子曾经说过：“君子可逝也，不可陷也。可欺也，不可罔也。”一言以蔽之，做人必须讲理智，有清醒的灵魂。

很可惜，阮氏兄弟没有这样的灵魂，所以他们顶多是壮士，而不是义士。他们只讲个人之间的小义，却没有大是大非的原则。感恩于小义的人，通常会受雇于人，食人之禄，死人之事，历史上的刺客专诸、聂政、要离、豫让、荆轲之流都是如此。尽管后世文学家用生花妙笔把他们的事迹写得惊心动魄，终究无法改变他们缺乏独立人格的事实。所以司马光写《资治通鉴》时，毫不客气地抨击被燕太子丹“豢养”

的荆轲。拿人钱财，替人消灾，不管是单纯为了钱还是打着“义”的旗号，都是丧失自我的表现，与高尚的人格无关。阮氏兄弟更可悲的地方在于，他们在晁盖活着的时候尚且能被以“义”对待，晁盖死后他们只能像政治遗产一般被吴用继承。我们可以看到，在后来的受招安等重大议题上，阮小七并没有什么固定立场，只是无原则地跟吴用站在一起。他先在吴用的指使下偷换御酒，稀里糊涂地反对受招安；而一旦真地接受了招安，也是无原则地跟着吴用、宋江走下去。他的原则是有恩必报、有仇必复，以其人之道还治其人之身。他比林冲更血性，比武松更柔软。所以《打渔杀家》中那个萧恩一忍再忍，忍无可忍才动手的行事风格，确实是与阮小七相一致的。

《打渔杀家》这一出戏，作者感慨的是压迫者与被压迫者激烈冲突的现实。梁山群雄做过的一切努力都是竹篮之水，转头成空。《水浒》的结局：阮小七带着老母回到石碣村，年六十，无疾而终。李俊带着童威、童猛及倪荣、费保一干朋友，渡到暹罗建立了一个王朝。《水浒后传》的结局：阮小七跟着李俊到了海外。李俊继承了国主之位，活了一百二十岁。阮小七也得以终其天年。《打渔杀家》的结局：萧恩杀了丁士燮一家远投他乡。李俊、倪荣毅然赤脚行地，做起江湖生意。

《打渔杀家》的结尾或许很残酷，但是它很现实。萧恩还是那个阮小七，社会还是《水浒》里的那个社会。梁山群英的奋斗都是徒劳，只有满地红殷殷的血水，证明他们曾经来过；只有一个关于忠、关于义、关于黎民的不朽传说，流传人间。

姓潘的坏女人

《水浒》里有四位出轨的妇女，其中两位姓潘，一个是潘金莲，一个是潘巧云。

同样是姓潘的坏女人，潘巧云的当代知名度远远没有潘金莲那么大，但她们有着太多的相似之处。过去讲《水浒》评书的老艺人们，对这两人也是差不多用力的，潘金莲的故事有“武十回”，潘巧云的故事有“石十回”。两位潘女士都有个窝囊的丈夫，武大是不中看，杨雄是不中用。她们从丈夫身上都感受不到温情，也不甘于接受命运的安排，所以潘金莲选择了西门庆，潘巧云选择了裴如海。

潘金莲之所以名声大噪，是因为除了《水浒传》，还有一部《金瓶梅》为她立传。“金瓶梅”中的“金”字便是指代潘金莲。《金瓶梅》之所以选潘金莲而非潘巧云做主角，第一个原因是，武大被潘金莲鸩杀了，而杨雄上了梁山，潘金莲案的矛盾冲突更激烈。第二个原因是，西门庆的身份为商人，《金瓶梅》产生于晚明社会，商人在社会生活中扮演着越来越重要的角色，可以接触到各个社会阶层；而潘巧云的丈夫杨雄是个刽子手，奸夫裴如海是个和尚，都是社会边缘人物，以他们为主角，难以展开广阔的社会画面。

不过，就《水浒传》的文本看，作者笔下的潘巧云案并不比潘金莲案逊色。两个女人同样姓潘，而处境完全不同：潘金莲是被迫嫁与武大，与武大并无感情，从来不曾满意；潘巧云是在原配丈夫死后自愿改嫁杨雄，应该说是有感情基础的，只是杨雄忙于公务，不理会潘巧云，所以潘巧云在性方面得不到满足。潘金莲出场时尚未有淫行，遇见武松后才勾搭了西门庆，所以她会先对武松产生爱慕之心，在武大面前陷害武松是因爱生恨；而潘巧云早就和裴如海勾搭成奸，石秀和杨雄是后来相识结拜的，所以潘巧云和石秀之间并无感情，只是单纯因为石秀发现奸情而加以陷害。武松与武大是同胞兄弟，武大相信武松的人品，所以不会听信潘金莲的谗言以使兄弟有隙；而石秀和杨雄虽经结拜，毕竟身份不同，感情未经考验，相互防范之心不可避免，所以一经潘巧云挑拨，杨雄便对石秀心生怀疑。

更妙的是，正因为见的是同胞的妻室，武松见潘金莲只看见了她的风情："玉貌妖娆花解语，芳容窈窕玉生香。"而正因为见的是结拜兄弟的宅眷，所以石秀看潘巧云看见的是"翘尖尖脚儿，花簇簇鞋儿，肉奶奶胸儿，白生生腿儿"，更多了一些情色感。这便给了后来的作家很大的演绎空间，施蛰存的《石秀》就是从这一段文字生发的。当然，施蛰存先生有他的诠释角度，不过推原作者的本意，只是用这个女人勾起读者的兴趣，极写其淫而已。

故二潘的故事虽有相似之处，但绝不是简单的重复。尽管作者漠视女性，写梁山上三位女将都缺乏深度，例如孙二娘只是做人肉包子的恶魔而没有复杂内心，顾大嫂搭救解珍、解宝时一声“兄弟”确实令人感动，但若是换成男人，这个情节一样成立，至于扈三娘，则完全是战利品而已。而作者对所谓“淫妇”的刻画则可圈可点，虽然作者对这些人进行道德谴责，但在描绘时并没有刻意丑化，如写潘金莲时提到了她少女时代的坚贞不屈，因此才被清河县大户卖给武大，写潘巧云在杨雄“打熬筋骨”时耐不住春闺寂寞，跟旧时的情郎裴如海通奸，都写出了她们通奸行为的隐衷。当然，这只是就单纯的通奸行为而言，至于潘金莲鸩杀武大，自然另当别论。

即使一样写奸夫，西门庆和裴如海也是两样的。裴如海与潘巧云虽然自幼相识，但是他却对潘巧云并不专一，甚至和她的婢女迎儿有染；西门庆虽然有张惜惜、李娇娇这样的外宅，潘金莲不过是他的艳遇之一，但在武大负伤后，面临武松复仇的危险时，他毅然决定跟潘金莲做“长久夫妻”。虽然谋划毒杀武大罪无可恕，但西门庆对潘金莲毕竟有几分真心，不像裴如海那样三心二意。作者写西门庆在追求潘金莲的过程中问计王婆，简直跟今日的年轻人与朋友一起策划追女生如出一辙。潘金莲对西门庆讲：“你真个要勾搭我？”“勾搭”两个字如果换成今日的“泡”或者“追求”，就全然是自由恋爱的味道了。

其实，王婆对西门庆所说“五件事俱全”的话虽然粗鄙，也未必不同于今日的择偶标准。王婆说：“第一件，潘安的貌；第二件，驴儿大的行货；第三件，要似邓通有钱；第四件，小就要绵里针忍耐；第五件，要闲工夫。此五件，唤作‘潘、驴、邓、小、闲’。”用今天的话说：择偶的第一标准是相貌，有外在美才能一见钟情；第二是性生活要和谐，这是爱情持久的一个重要保证；第三是经济基础，虽然爱情可以跨越门第和阶级，但生活不得不考虑经济来源；第四就是包容、理解和关心，这也是我们今天男女恋爱中最重视的一点；第五点就是陪伴，正所谓“最长情的告白”。我们今天对爱情的认识也实不能出于这五点之外。

杨雄所欠缺的是第四、五点，所以潘巧云以出轨相报复；潘金莲不愿嫁清河县大户，却甘冒杀身的风险投入西门庆的怀抱，可见地位和金钱并不是她首先考虑的，英俊的相貌对她更有吸引力。武大第一点既缺，潘金莲便不屑于考量他的其余各点，所以我们也不清楚武大其他方面到底如何——他的经济条件虽然肯定不如西门庆，但也不算贫穷，不是潘金莲嫌弃他的根本原因——武大自然只有死路一条。平心而论，潘金莲固然该死，但潘巧云并没有犯必死之罪，她被残杀只是因为石秀有“为己明冤”的强烈愿望。金圣叹评价石秀为“警者”，说他“才刻狠毒”，是揭示了石秀的本质的。所谓“警者”，就是敏感、多疑的人。所以他看到潘巧云父亲收了摊，就意识到人家是要赶自己走；听到头陀敲佛号，也能在第一时间产生“这条巷是条死巷，如何有这头陀，连日来这里敲木鱼叫佛？煞是可疑”的想法。

石秀这个人敏感自卑，所以时时刻刻不忘维护自己的名声。一般人在介绍自己时，都会先说姓名、年龄、籍贯、身份，但他在介绍完姓名、籍贯后，着力宣扬的是自己的绰号：“平生执性，路见不平，便要去舍命相护，以此都唤小人做拚命三郎。”不提自己的父亲，只说“随叔父来此地贩卖羊马”，似乎是个做官方生意的人，而从后文我们可以了解到，他的父亲是个屠户。不提父亲而提更让他有面子的叔父，从这里也可见出他的自卑之心。因为这样一种身份和性格，石秀好不容易闯出来一些江湖名声，便十分爱惜羽毛，绝不肯让潘巧云平白污蔑。所以他不仅要潘巧云死，还要她死状难看。后来潘巧云果然赤身裸体地死在杨雄、石秀面前，被“一刀从心窝里直割到小肚子下，取出心肝五脏，挂在松树上”，并且被杨雄将“七件事分开了”，成为《水浒传》中死得最痛苦、最没尊严的女人。

有人认为，《水浒传》四大淫妇中姓潘的就有两个，且潘巧云死得如此惨烈，作者一定与姓潘的坏女人有仇。这其实是想当然的。第一，从谐音的角度看，“潘”也许暗示着“叛”。《红楼梦》用“甄”“贾”二姓对应“真事隐去，假语村言”，

《水浒》作者两次使用“潘”姓也很可能是出于类似的考虑。第二，从《水浒》文本的发展历史看，潘金莲与潘巧云很可能来自同一故事，“金莲”两个字不像是人名，更像是绰号。只是故事在流传过程中产生了差异较大的不同版本，最后被一并收入《水浒传》中。正如《三国志平话》中先有三英战吕布，后有三英战黄忠，到了《三国志演义》里，黄忠的故事就被作者写成另一种样子了。《西游记》里，文殊菩萨的狮子出现了两次，黄风怪和铁扇公主都以狂风为法术，也是重复之处。而《水浒》中两个姓潘的坏女人也可能脱胎于同一个人物形象，只是我们现在还找不到《大宋宣和遗事》之后、《水浒传》之前的梁山故事话本，不能遽下结论而已。

正说郝思文

关胜的副将郝思文，江湖人称“井木犴”。《水浒传》写到后边，关胜、魏定国、单廷珪等主将已经不出彩了，就像《封神演义》为了写齐三十六路大军攻打西岐，拉张山、李锦来凑数一样，《水浒传》的作者为了凑齐一百零八人，特别是要让《大宋宣和遗事》和《宋江三十六人赞》中已有名号的关胜和张清上山，不得不写一些类型化的人物，有身份，有武艺和人马，但是没有性格，呼延灼的副将彭玘和韩滔、张清的副将丁得孙和龚旺都是如此。但对于关胜的副将郝思文和宣赞，作者力求不把他们类型化。所以写宣赞时，一是表现他的武功高强，与花荣过招难分胜负；二是突出他的相貌丑陋，并因此不受重用，都是能给读者留下印象的。

作者写郝思文尤其出奇，先借关胜之口介绍道：“这个兄弟，姓郝，双名思文，是我拜义兄长。当初他母亲梦井木犴投胎，因而有孕，后生此人，因此，人唤他做井木犴。这兄弟，十八般武艺无有不能，可惜至今屈沉在此。只今同去协力报国，有何不可？”当时宣赞向蔡京保举大刀关胜攻打梁山泊，蔡京遂遣宣赞为使，连夜去请。宣赞与关胜见面时，他正与郝思文探讨兴盛衰败之理，于是关胜向宣赞这样介绍郝思文，这也是作者对郝思文的定评。

这段话说明了郝思文四个奇特之处：

第一，出生奇。郝思文的母亲梦见井木犴，因而怀孕，也就是说郝思文乃天上井木犴转世投胎。纵观《水浒》一书，宋江一度被称为星主；智取生辰纲的八人，除了一道白光外，乃北斗七星转世；张顺在战殁于涌金门后，因魂捉方天定有功，被封为金华太保。然而这些神号都不是他们生前自知的，只有郝思文一出生便被认定为神仙转世。而且我们知道，传说中凡是女子梦见异象的，丈夫和儿子之中，总有一个会成为大人物。

第二，身份奇。郝思文是关胜的义兄。中国历朝历代都防范民间结社，尤其是宋朝，对武将格外警惕，故而没有武将结拜的传统。这里写郝思文与关胜的结拜，只不过是模拟《三国志演义》中的刘、关、张三人结拜。金圣叹早已指出："写大刀处处摹出云长变相。"关胜的相貌、武功甚至武器都是和关羽一样的。他报效朝廷是忠，投靠梁山是义。关羽有桃园三结义，所以关胜也有与郝思文的结拜。关羽之所以会和刘备结拜，是因为刘备"以己志告之"，关羽心生佩服之情；而郝思文能够和关胜结拜，也必然有值得关胜欣赏乃至佩服之处。

第三，见识、武功奇。宣赞称关胜"幼读兵书，深通武艺，有万夫不当之勇"，且是关羽之后，能使一口青龙偃月刀，可见家学渊源深厚。而郝思文出场时正与关胜一起“论说古今兴废之事”，据此可以看出郝思文的见识、武功定不一般。

一般评论家认为郝思文的武艺稀松平常，至少在扈三娘之下。但是细读文本，我们发现事实并不是这样：“却说林冲、花荣自引一支军马，截住郝思文。月明之下，三马相交，斗无二三十合，郝思文气力不加，回马便走。肋后撞出个女将一丈青扈娘，撒起红锦套索，把郝思文拖下马来。”郝思文、宣赞随关胜夜袭梁山泊，却不料被呼延灼设计反包围，天色已晚，郝思文对地形也不熟悉，所以形势很不利，加上林冲、花荣两员大将已与郝思文斗了二十几个回合，扈三娘又是在郝思文身后袭击，才得以擒住他的。

郝思文在受梁山两员名将夹攻，且失去天时地利的前提下尚能苦撑二十几个回合，而且刀法不乱（原文说他只是“气力不加”），武艺必然十分扎实。关胜曾夸他“十八般武艺无有不能”，可见他也是一个多面手。关胜被擒后，林冲大喝道：“你主将关胜中计被擒，你这无名小将，何不下马受缚？”郝思文大怒，直取林冲。这怒是因为林冲把自己当成“无名小将”。实际上以郝思文的见识，即使关胜被擒，只要他能够脱身，未必没有卷土重来的机会。

但就是这样一位奇才，当时的朝廷却不能用。而到了梁山之后，虽然他的排名在地煞星第五位，还不算太低，可论军职只是十六个马军小彪将之一，连都头出身的美髯公朱仝、土财主出身的九纹龙史进和没遮拦穆弘都比他地位高，他依旧不能才尽其用，也就可想而知了。终一部《水浒》，郝思文除了和宣赞一起说了句“并听将令”外，就没有别的台词。他惯于韬晦，对人对事的态度都是消极的。

比如在呼延灼赚关胜这一回，我们就只看到关胜筹划攻打梁山，宣赞率先在门旗下勒战，全然不见郝思文有何积极举动。他最多是在林冲申斥他为“无名小卒”时“大怒”和冲杀而已。他在发现体力不支的时候没有丝毫顾念，拨马便走，在胜算不大的时候懂得保全实力而不是死拼。

上了梁山之后，郝思文也十分被动。关胜刚刚归顺梁山就提出攻打大名府。宣赞则在打东昌府时，大声叫阵：“今日将威风折了，来日怎地厮杀！且看石子打得我么？”拍马舞刀，直奔张清。郝思文虽然也参与了打张清，但那只是被动迎敌。一个是“直取”，一个是“迎敌”，主动性不可同日而语。

郝思文这样看透了历史兴衰的人物，到了一个新的军事集团内，只能是先观望，不会一听“替天行道”的口号就信以为真。因为有的人心口不一，有的人虽有美好愿景，却找不到实现的途径。遗憾的是，宋江就是后者的代表。所以郝思文观望的结果是失望。因为宋江无法承担创造历史的重任，在他的领导下，梁山集团又走上了“朝廷化”的老路，和郝思文早已厌倦的旧体制并无二致。一再失望，便成了绝望。

郝思文死在征方腊的战役中，他的结局是梁山群雄里最悲惨的：

> 一连哨了数日，又不见出战。此日又该徐宁、郝思文，两个带了数十骑马，直哨到北关门来，见城门大开着，两个来到吊桥边看时，城上一声擂鼓响，城里早撞出一彪军马来。徐宁、郝思文急回马时，城西偏路喊声又起，一百余骑马军，冲在前面。徐宁并力死战，杀出马军队里，回头不见了郝思文。再回来看时，见数员将校，把郝思文活捉了入城去。……宋江又差人去军中打听郝思文消息，次日，只见小军来报道："杭州北关门城上，把竹竿挑起郝思文头来示众。"方知道被方天定碎剐了，宋江见报，好生伤感。

这里有两个问题值得探讨：第一个问题是，郝思文为什么不投降方腊？

如果说不投降是因为他的忠心，那他之前效命于朝廷时投降宋江，上梁山后又跟着宋江接受朝廷招安，反反复复，又该怎么解释？前文在讲宋江的时候，说过"忠"有四种形式，郝思文既不是忠于君，也不是忠于国，否则就不会背叛朝廷投靠宋江。当然，他也不是忠于事的，因为他如果视梁山为正义的一方，征讨梁山便是充当不义朝廷的打手；如果视朝廷为正义的一方，战败被俘就投降梁山，显然是贪生怕死、见利忘义之徒。至于忠于心，必须以心中有信仰为前提，郝思文已经消极到这个地步，怎么会是忠于心的人呢？

就方腊一方而言，一定是有本事的，所以才能占据东南六州五十二县；也一定是讲义气的，否则方天定、厉氏兄弟那样的江湖人物不可能当他的将领，受他的羁束，对他忠心耿耿。方腊集团与梁山集团唯一的区别是，前者有森严的等级制度。但划分等级本是建政的必然要求，一个武装势力只要发展壮大到一定程度，都免不了走出这一步。连野蛮如李逵都知道将来“杀去东京，夺了鸟位”之后，是“晁盖哥哥便做了大皇帝，宋江哥哥便做了小皇帝，吴先生做个丞相，公孙道士便做个国师，我们都做个将军”，等级井然有序，更何况其他！宋江在上山之前已有接受招安的打算，所以在他仅仅视为暂时栖身地的梁山建立一套等级制度是没有必要的；方腊坐拥一方，当然有必要解决“秩序化”这个现实问题，建立严明的等级制度就是不可避免的了。朝廷的等级制度自然是僵化的，堵塞了无数志士的报国之路；而方腊集团的等级制度恐也未必优于朝廷。

郝思文之所以坚持不投降，第一是因为他知道，投降方腊就是跟梁山众人作对。虽然他对梁山也未必有多少感情寄托，但是投入敌对阵营，打击原来的兄弟，恐怕不在他的选项之内，他很难过这道心理关。第二是因为他已经对时代失望。如果说与关胜谈论古今兴衰时的他仅仅是对朝廷失望的话，那么宋江接受招安则是他对江湖失望的开始。至于宋江与方腊的争战，只不过是江湖势力之间的火并，最终的受益者只能是朝廷。这种内耗丝毫不能改变那个混浊的时代，社会现实依然是黄钟毁弃，瓦釜雷鸣。

第二个问题是，方天定与郝思文究竟有什么深仇大恨，一定要将他千刀万剐？

郝思文和方天定不过是正面交锋的对手，彼此就算不能惺惺相惜，也没有下此毒手的必要。尽管郝思文刺死沈抃，射死徐统，但那是战场上在所难免之事，并不是私仇。算起来，只能是张叔夜将徐方、甄诚碎剐于市招致了疯狂的报复。我们不知道郝思文在面临剐刑之时，有没有做过求生的努力，是求生而不得，还是根本不屑于求生，只知道在梁山群雄中，他活得最明白，死得最惨。

在某种意义上，他的惨死是求仁得仁。

谁可以入伙？

在我很小的时候，读《水浒传》想到过一个问题：为什么关胜、单廷珪、魏定国这些人可以入伙梁山，但是高俅就不可以？后来我觉得无外乎两个原因：第一，高俅与林冲有杀妻、索命之仇；第二，高俅在江湖上声名太恶，会败坏梁山的江湖形象。

现在看来，这个结论不够全面，这样的思考也失之肤浅。宋江与秦明同样有杀妻之仇，杨志与晁盖也有索命之恨——杨志几乎因为失去生辰纲而自杀，但他们最终都能够“一笑泯恩仇”。秦明只叹道：“你们弟兄虽是好意要留秦明，只是害得我忒毒些个，断送了我妻小一家人口！”而杨志竟然在“晁盖说起黄泥冈劫取生辰纲一事”时与众人一起大笑。而林冲之为人，也并没有现在大家通常以为的那样有骨气和肝胆。电视剧中他反对招安，追杀高俅，都不过是改编者的重新创作——在原著中，宋江提倡招安时他没有反对，高俅被梁山俘获时他也没有出面，实际上已经表现出一种对招安、对高俅的妥协。只要高俅释放出足够的善意，例如像花荣一样慷慨地献上自家妹子，未必不能得到林冲的原谅。至于高俅的狼藉声名，想必梁山并不在乎。像张横、穆弘、施恩之类的江湖败类尚且能被梁山接纳，何况高俅？且宋江私放高俅，并通过高俅谋招安，已经自绝于江湖，恐怕并不在乎江湖上人对自己、对梁山做何评价。所以上述两点理由都是不成立的，至少不是决定性因素。

后来我重读《水浒》时想到，或许宋江害怕的是高俅进入梁山队伍会取代自己的地位。虽然高俅是踢球的帮闲出身，但混迹官场多年，身居要职而不倒，其术远非宋江可比。但我旋即否定了自己的这个猜测。毕竟梁山权力架构是宋江一手奠定的，山上又都是宋江心腹，有此天时、地利、人和，宋江没有控制不了高俅的道理。

既然一时回答不了这个问题，我们不妨换一个思路，看一看被梁山接纳的前体制内成员具体是些什么人。一言以蔽之，曰：战败投降的武将。

有鉴于前朝藩镇割据之祸，宋朝制定了重文轻武的国策。武将在宋朝地位不高，且常为同级的文官排斥。花荣深恨“这厮又是文官，又不识字。自从到任，只把乡间些少上户诈骗。朝庭法度，无所不坏”，并扬言：“不是小弟说口，这清风寨是青州紧要去处，若还是小弟独自在这里守把时，远近强人怎敢把青州搅得粉碎？”从后文看，花荣和鲁智深颇有交情，他一方面用武力镇守，一方面跟这些山头达成默契，虽然不能法纪严明，但能维持一方安宁应该不是假话。而刘高处处压制花荣，导致清风寨附近的纷争此起彼伏，以至于刘高自己的妻子也差点成为矮脚虎王英的压寨夫人。

慕容知府与本府兵马总管秦明理论上平级，却可以不经任何司法程序就杀害秦明满门。慕容知府甚至对官居都统制的呼延灼也敢于吆五喝六，武将的处境，用燕顺的话讲便是“受那大头巾的气”。秦明、呼延灼以及后来的关胜、单廷珪、魏定国这些高阶军官，看上去风光，是社会上的头面人物，但到了官场上，仍然属于边缘人。秦明因被误会而遭灭门之祸，在那样的时代绝不是个例。后来朱富劝李云说：“如今杀害了许多人生命，又走了黑旋风，你怎生回去见得知县？你若回去时，定吃官司，又无人来相救。”正是这几句话打动了李云的心，使他甘心投靠梁山。

在两宋时期，如果武将立功，功劳会被文官分去一大半；一旦失败，却必须承担全部责任。北宋时王侁讽刺杨业：“君侯素号‘无敌’，今见敌逗挠不战，得非有他志乎？”杨业听出了他的话外之音，只能与辽朝死磕，走上绝路。南宋时岳飞入狱，秦桧直接以“莫须有”的罪名杀害，也是基于这一历史现实。李云没有看守住黑旋风，杨志失了生辰纲，除了落草之外，确实只有死路一条。而呼延灼、关胜、单廷珪、魏定国如果从梁山回头，下场也不会比上述各人好多少。在如此不公平的政治规则下，他们的“臣节”自然不堪一击。他们前一秒还可以骂对方是“上负朝廷之恩，下辱祖宗名目，不知廉耻”，被打落马下之后就可以“惶恐伏地，乞命受降”。

祝家庄和曾头市的人之所以死战不降，并不是因为他们比关胜、单廷珪、魏定国等人更加有气节，而是因为他们必须拼命保护自己的私产。关胜等人不过是为朝廷卖命，所能得到的与风险不成比例，所以不会过于用力。宋江智取无为军，大闹江州都没有见到官军出面；打祝家庄时，跟祝彪结盟的巡检并没有发兵；甚至打东平府、东昌府时也不见附近的官军支援。盖武将的意识里只有自保而没有忠于职守和同仇敌忾。

武将在庙堂之上既不能得志，便寄希望于江湖，梁山遵循的江湖法则、宋江重新解释过的“忠义之道”正好更对这些武将的胃口。更何况对于武将来说，最重要的是保存自己的嫡系部队以为立身之本，进可以成为一方诸侯，退可以占据山林，至于打什么样的旗号，倒是次要的。

北宋的文官，在朝堂上举足轻重，可对梁山来说，并没有太大的价值。因为梁山的势力范围不过是那八百里水泊，虽然也攻打州县，但无意占据和管理。宋江一意要收骁将以充实己方的武装力量，至于文官，在他看来是派不上用场的。程太守实在没有什么罪过，但宋江仍然纵容董平屠戮了他全家，除了是为董平泄愤之外，恐怕也是因为山寨没把文官当回事。何况从当时的社会现实看，地方官是万民归恶的，朝廷苛政害民，直接管理民政的低级文官自然很容易成为民众发泄怨恨的对象。因而《水浒传》里，除了东昌知府因为廉洁而被“饶了不杀”以外，其他的知府、知县级的文官的下场几乎都是被灭门，似乎不如此就不算替天行道。

故而高俅不能上梁山的原因：第一是梁山没有适合他的位置，在当时的形势下，宋江绝不会允许让高俅进入决策层，以威胁到自己对梁山的掌控力。第二是高俅在宋廷位高权重，无论梁山给他多么优厚的待遇，对他来说都不会有足够的吸引力。第三是高俅即使战败回朝，基于朝廷对文官的优容及他与宋徽宗的私人关系，他的地位也不会有丝毫动摇。所以，高俅即使迫于形势入伙，也一定不会像关胜、单廷珪、魏定国等人那样死心塌地。宋江将高俅放归，是希望他在朝堂之上替梁山美言几句——即使他不这样做，至少对梁山没有坏处；如若强行将高俅留在梁山，待高俅把梁山的地形、门路摸清楚之后，伺机逃下山去，反而对梁山有百害而无一利。

朝廷因为重文轻武，将武将都逼到江湖的山寨里，最终成为心腹大患，与前代的藩镇之祸相比，孰轻孰重是很难说的。

萧让：何谓文人？

萧让的故事，一言以蔽之，曰：假。孟超《水泊梁山英雄谱》引用了一个观点：“《水浒传》中对萧让的两次特写，都不免于假，救宋江是伪造书信，赚李应是冒充知府，都是打出读书人的假幌子的。”这种看法其实是很对的。

萧让这个人是吴用的旧相识，但他并不是江湖上的人物，只是吴用要伪造蔡京的书信，所以才骗萧让和金大坚上山。吴用知道，伪造书信的事情是一定会败露，萧让和金大坚会受到连累，到时候如果专门去救他们，成本未免太高，如果不救他们，又显得梁山无情无义。更何况，一旦事发，萧让、金大坚和戴宗很有可能并案处理，那时候他们三人走到一起，就会让吴用借此案加深宋江和戴宗关系的目的落空——横生枝节，反而不美。

萧让对梁山的贡献除了上述两件就乏善可陈了。宋江为他安排的工作是所谓“行文走檄，调兵遣将”，“行文走檄”固然是他的本职，“调兵遣将”究其实际不过是指上传下达而已。

如果算上一百二十回本中的“征王庆”等部分，萧让还有其他露面机会，也还是不脱一个“假”字，例如在王庆兵围宛州时，萧让唱了一出《空城计》。当时林冲、花荣已率两万兵马出城迎敌，吕方、郭盛又拨出两万出北门而去，只有宣赞、郝思文二将留守，城中军力只有一万，且有一半是老弱病残。王庆三万大军兵临城下，宛州孤城危在旦夕。萧让当即决定用空城计，和三个官员在城上吃酒为乐。王庆军队犹疑之际，突听得一阵炮响，宛州城楼上旌旗摇曳，王庆军大骇，宣赞、郝思文从斜侧杀出来，“斩首万余”。陈瓘、侯蒙、罗戬三人“大喜，称赞萧让之妙策，众将之英雄”。没想到宋江回师后，听河北降将马灵说及此事，惊道：“倘被贼人识破奈何？终是秀才见识。”

所谓“秀才见识”，说到底是文人的见识。什么是文人呢？在那个文化教育不普及的时代，凡是能动笔作文的都是“文人”。具体说来，被称为“文人”的大致包括三种人：学者、政治家和书生。学者在理想状态下，应该具有真诚的品格和实事求是的精神。政治家需要实干的才能和大见识、大魄力，在初出茅庐之时，可能免不了使用阴谋诡计，但要走得长远，必须懂得潜龙勿用的道理，不轻率行动。书生是成长期的学者和政治家，但也常常是只会寻章摘句或玩弄欺诈手段的小格局文人。宋江批评萧让“终是秀才见识”，正是说他格局不大，将胜利系于侥幸之上，全然没有为可能出现的后果做准备，这种见识当然为政治家所不取。

正因如此，真正的政治家一向是看不起轻薄“文人”的。

北宋固然重文轻武，但重的一向是政治家，而不是文艺家和普通书生。柳永在《鹤冲天》里写道：“青春都一饷。忍把浮名，换了浅斟低唱。”据说，宋仁宗对此很不满，见到柳永参加科考，便说：“且去浅斟低唱，何要浮名？”柳永便只能去“奉旨填词”。司马光也是看不起文人的，一部《资治通鉴》里连李白的名字都没有出现。顾炎武评论道：“此书本以资治，何暇录及文人？”至于有宋一代的学者，像张栻那样始终能以正面形象示人的很少，连那些享有大名的宗师级人物，如二程、朱熹，在当时都是被人丑化的。政治家虽然也重文，但重的是雍容俯仰的文化气质，而不是书生的浮薄气和学者的迂腐气。到了《水浒传》作者生活的元朝，文人更加得不到重视，以至于出现了“八娼、九儒、十丐”的激愤之言。明代则有“文人无行”的说法，文人的声誉依然不佳。

但是在历朝历代，文人都是点缀升平所不可或缺的角色。汉武帝豢养东方朔，唐玄宗优待李白，乾隆帝对纪晓岚也是“倡优蓄之”。可是宋朝的政治家中精于文学的太多，有“宰相之才”的苏轼、苏辙兄弟，同时名列“唐宋八大家”；官居参知政事的范仲淹、欧阳修、王安石等人都是文章高手，所以宋仁宗完全不需要礼遇柳永之流纯粹的文艺家。

当然，古代帝王优待文人不只是出于粉饰太平的需要，文人的功用至少有以下两个：

第一，发动政治宣传。袁绍与曹操相争，将主簿陈琳带在军中，让他写声讨曹操的檄文。武则天看见骆宾王所写的《为徐敬业讨武曌檄》，感叹道："此人没有得到举用，是宰相的失职。"都是看重文人宣传的例子。因为打天下易，坐天下难，要坐稳天下，就必须争民意，夺民心。在民心中，知识分子之心尤为重要。一方面，知识分子中藏着治理天下的人才，政治宣传是吸引这些人加入己方的关键；另一方面，士为四民之首，自古皇权不下县，有功名的知识分子，即所谓乡绅，在社会基层发挥着治理作用，争取到这些人的支持就等于争取到了细民。

第二，神化统治者。李卓吾认为梁山泊的石碣是吴用授意萧让和金大坚刻出的，而俞万春的《荡寇志》则干脆将这件事坐实了。在《荡寇志》里，萧让和金大坚被捉后供称："此碣自卢俊义一到山泊之后，就已镌定。彼时张清、董平等尚还未到，原想就部下头目中选出几个，以满一百八人之数。后因张清等到来，却好天罡数内余第十五、十六两行未镌，因将张清、董平镌入。所以董平在五虎将之列，名次却在十五，顿与关胜、林冲、秦明、呼延灼离开，实为镌刻已定，难以改易故也。"这其实是衍生文学又加给萧让的一个"骗"。百回本《水浒传》里的萧让只骗了一两个人，一百二十回本《水浒》里的萧让只骗了一支军队，而《荡寇志》里的萧让竟然骗了梁山全伙。如果梁山一伙得了江山，他恐怕还要骗全天下。

历朝历代的史书在记述本朝缔造者的降生时都会编造“神龙入怀”“火光冲天”之类的神迹。一般愚民有信他的，便加强了他天命所归的合法性；具有理性的人即使明知是假，也绝不敢拆穿，他们并非笃信这种鬼话，而是笃信说鬼话的人手中的权力。所以愚民的迷信和清醒人的奴性其实是一回事，只是前者崇拜神，后者崇拜人。崇拜神的觉得一切怪异之事都不可解释，崇拜人的对一切怪异之事都不敢解释。

所以统治者之爱文人，主要是爱他们服务于自己的那支笔，掌握了笔杆子，社会问题就可以随意曲解。如果曲解不成，还可以设法转移民众视线；如果转移民众视线亦不成，使用暴力手段就不可避免了，要么政权被推翻，要么反抗者被镇压。由此可以看出，文人能起到的作用就是缓冲社会矛盾，缓冲方式就是制造和控制舆论。

文人的伎俩大抵如此，虽然于政权稳定大有关系，但在暴力面前不值一文。萧让之于梁山，正是文人之于暴力，自然格格不入；萧让之于宋江、吴用，正是文人之于权力，当然只是“秀才见识”。所以有见识的秀才会估量自己的能力，有限度地参与政治；如果自以为高明，与掌握实权者叫板，至少在政治生命上，就只有死路一条了。

萧让离开梁山，来到蔡京门下，只当上了一个门馆先生。因为大宋王朝最不缺的就是文人，蔡京作为当朝宰相，一直牢牢把控着文柄，在他眼里，萧让当然只是一个无足轻重的角色。

《水浒传》中的滥法与恶法

在一些特殊的历史时期，人们常常把《水浒传》当作“农民起义的教科书”来讨论，其实撇开那些政治因素，我们不难认识到，宋江所领导的当然不是农民革命，《水浒传》也不是写农民起义的书。不过，有的评论家因为质疑宋江起义的农民革命性质，进而质疑《水浒》这部书的价值，甚至对《水浒》大加批判，将梁山人物一概斥责为匪寇，这也是不够客观公正的。

梁山好汉的来源颇为复杂，品质和秉性也各不相同，他们的反抗行为即便不属于真正意义上的革命，冲击了当时的黑暗统治也是不争的事实。一些评论家戴着有色眼镜读《水浒》，恨不得将过去形成的褒贬完全颠倒，甚至为刘高、黄文炳之流翻案，说：“刘高发现有匪徒，身为防匪司令部司令，难道叫他不管么？”“黄文炳在酒楼上看见如此露骨、如此嚣张的‘反诗’，如果他不‘揭发检举’，他还是个政府官员吗？”完全站在古代官府的立场，就未免矫枉过正了。

诚然，刘高和黄文炳的行为在那个时代是被鼓励的，因为他们都维护了当时的法律，但这里涉及一个法律本身正义性的问题。我们知道，民主时代的法律是保护人民的，而专制时代的法律就不能一概而论了，应该说，有一些是保护人民的，还有一些是控制人民的。在《水浒传》里，保护民众的法律从来没有被执行过，比如武大被西门庆毒死，武松依法申告却无人主持正义；林冲误入白虎节堂后虽然委曲求全，但终究无法洗刷冤屈；至于监狱里，更是黑暗得一塌糊涂，林冲感慨“钱可以通神”，戴宗找宋江要“常例钱”，就是《水浒》社会的真实写照。

相反地，控制民众的法律一直得到严格贯彻。宋江在浔阳楼上题的当然是反诗，但他并没有实际行动，更没有社会危害，黄文炳所维护的不过是言论入罪的恶法而已，并没有什么正义性可言。在早期的水浒戏剧《风雨还牢末》中，李孔目只是因为跟林冲有交情，就被迫害致死，而真正的梁山群雄，县令却不敢缉拿。同样的，知寨刘高不敢到清风山上缉拿燕顺、王英等人，只敢对手无寸铁的宋江痛下毒手。须知，刘高对宋江并没有进行正常的审判，只是一味拷打，连宋江的身份都没有盘问出来，便给他安了个名字叫“郓城虎张三”，编造情节，做出破获大案的假象。如果这也算执法，各路官吏以法律的名义盘剥民众就更是理所当然的了。

事实上，激起民众反抗的，一是枉法，二是滥法，三是恶法。枉法就是不执行法律，在民众利益受损的时候置若罔闻，这样做的危害是人人都知道的。但是滥法和恶法的危害却常常被有意无意地忽视了。所谓滥法，第一是扩大法律的外延，以法律的名义对民众进行迫害；第二是粗暴执法，通过这种方式恐吓民众，树立官威。说到底，滥法让民众感到的是恐惧而不是安全。所谓恶法，就是法条本身对民众有害无益，是统治者为了维护自己的利益制定的。在专制时代，民众无权过问法律的产生过程，只能被动接受统治集团制定的以及各级官员对法律的任意解释。因此，在《水浒》的时代，法律并不具有神圣性。

在这种情境下，民众只能寄希望于出现一个公正的执法者，用他的道德良知平衡法与情、法与权的关系。所以人们才想象清官，期盼狄仁杰、包拯这样不畏强权且断案如神的人主持公道，即使没有这样的大清官，有一个基层的执法者能够为他们维护一些正义也是好的。基层的执法者叫做孔目，与押司一样，都是小吏，但因为直接执法，所以实际能量很大。林冲本来定成死罪，但孔目孙定向开封府尹据理力争，保住了林冲的性命。光有这样的孔目还不行，还必须有开封府尹那样通情达理的长官。梁山上的铁面孔目裴宣，就是因为执法廉明得罪了上级，被刺配沙门岛的。所以，真要做“铁面孔目”，第一要有良心，第二要有遇到好官的运气，这真是可遇不可求的。

于是民众退而求其次，转而寻求一些江湖门路，并且希望用江湖之道结交一些衙门里的小吏以备不时之需——这种社会现实正是宋江之流能够如鱼得水的根本原因。宋江被称作“呼保义”，“保义”指的是“保义郎”，在当时的武将系统五十二级中排第四十九，级别不高，但被授此职的往往是善于团结民众的人——这就意味着宋江的价值在于他是官方规则和民众实际需要之间的沟通者。

这也正可以解释，何以《水浒传》中低级官员或小吏徇私渎职的行为每每被称作“义”。例如朱仝私放宋江被称作“义释宋公明”，宋江私放晁盖也被江湖上当作义举，这不是从法律角度解释的，更多地关系到人们心中的朴素正义。当时的社会已经让民众失望，民众敢怒不敢言，所以只要是挑战官府秩序的行为都被视为义举。一旦民众的失望到了这个程度，一个王朝的灭亡就指日可待了。

扈三娘婚姻悲剧后的文学因素

我们今天读《水浒》，因为有了现代的人权观念，总觉得扈三娘嫁给好色猥琐且武艺不如她的王英是一种悲剧。我看过几种同人小说都是以扈三娘为主角的，写的是扈三娘在梁山上或梁山下的复仇。事实上，扈三娘是《水浒传》中顶不重要的配角，在一百回本的《水浒传》里扈三娘只说过两句话，而且从未表达过感情。宋江吩咐她嫁给王英，她也没有反抗，与王英“两口儿只得拜谢了”。宋江打下祝家庄后开庆功宴，扈三娘出现了，我们没有看到她有什么特别的反应。

《水浒》虽然刻画了几个有血有肉的人物，但毕竟是少数，总的来说，作者更在意起伏跌宕的情节和“替天行道”的大义，而不太重视笔下人物的心理逻辑，不独扈三娘是这样。在他的笔下，梁山群雄中说话超过三句的为数寥寥，有些人自始至终未说过一句话（如陶宗旺、孟康），有些人在出场之初还能看得出些性格，上了梁山之后就失去了光彩（如阮小七、史进）。特别是写降将，只写他们落草（或聚义）时的艰难，而不写他们在梁山上的处境，用一个笼统的“大义”掩盖了他们心理上与梁山原有隔膜、芥蒂的事实。

至于女性，作者虽然有所刻画，但总是将女性视为好汉成长道路上的绊脚石，认为好汉应该戒除女色。梁山的三位头领晁盖、宋江和卢俊义都是不近女色的人，晁盖“最爱刺枪使棒，亦自身强力壮，不娶妻室，终日只是打熬筋骨”，宋江“是个好汉，只爱学使枪棒，于女色上不十分要紧”，而卢俊义“平昔只顾打熬气力，不亲女色”。因而我们可以确信，“不近女色”是作者心目中绿林英雄必备的品质。宋江对王英说：“原来王英兄弟要贪女色，不是好汉的勾当。”这里可以看出他的逻辑：好色的不是好汉，好汉就不好色。既然好汉不好色，那么美女就只能嫁给那些好色的不是好汉的人物。

另一方面，作者又将女性当成欲望的代名词。除了林娘子和梁山上的女性外，几乎所有出场时年轻已婚的女性都不免出轨。他在写潘巧云时，通过石秀的眼睛，将审视重点放在她“翘尖尖脚儿，花簇簇鞋儿，肉奶奶胸儿，白生生腿儿”上，可见作者的女性审美是欲望层面上的。在这个意义上，我们能够理解作者的逻辑：女人等于欲望，无欲则刚，要做好汉必先过欲望这一关，所以好汉不能近女色。因此作者将能勾起人欲望的女性都视为祸水，而女性中的“好汉”必须淡化性别。梁山上的女性不管是顾大嫂还是孙二娘，都是泼辣的典型，除了绰号里有一个“母”字以外，与男人并没有什么区别。而另一个值得玩味的细节是，凡是杀过女性的“好汉”，全部位列天罡；而有老婆的“好汉”，除了花荣等特例外，都属于地煞。扈三娘是梁山上唯一的女性降将，降将身份使她必须服从“大义”，女性身份使她必须去掉性别特征，所以扈三娘失去了情感也失去了女性之美，彻底成为梁山的一件战利品。

从文学的层面看，美女嫁矮汉是一种常见的写作套路，与扈三娘、王英故事相似的还有《封神演义》中的邓婵玉、土行孙故事以及《水浒传》中的潘金莲、武大郎故事。比较而言，扈三娘的命运与邓婵玉最为相像。扈三娘和邓婵玉都是行伍中人，面貌美丽，却都在归降之后由首领做主嫁给了一个面目丑陋的矮子。不过相形之下，邓婵玉的身世并没有那样悲惨，因为土行孙至少在武功上并不比邓婵玉逊色，而且他的出身也不差，是昆仑门下第三代弟子，与杨戬、哪吒同列。

而扈三娘的功夫远胜王英，她的兵器是日月双刀，在冷兵器作战中，双手都持兵器需要很强的平衡能力，武功不到一定境界是驾驭不了的。从历史上看，唐朝有一个双枪将丁彦平。而在《水浒传》里，能双手持兵器的，除扈三娘外，也只有呼延灼、董平、李逵、孙立和马麟等数人而已。扈三娘第一次出场就与欧鹏交战，欧鹏的长枪很厉害，宋江看了“暗自称奇”——宋江自己有不错的武功底子，能点拨孔明、孔亮，眼力自然不差；而且梁山名将辈出，宋江见过花荣的弓、刘唐的朴刀、李逵的双斧、秦明的狼牙棒，绝非没有见识的人——作者写宋江对欧鹏的长枪称奇，是从侧面表现欧鹏的武艺；再写欧鹏没能打胜扈三娘，是用欧鹏衬托扈三娘的武艺。

接下来扈三娘对战的是同样使用双刀的铁笛仙马麟。马麟长得凶神恶煞，吹的是双笛，使的是双滚刀，俨然一个马上作战的李逵。扈三娘与马麟交手，打得十分潇洒，丝毫没让这个凶神占到一点便宜。而在轮番作战以后，扈三娘尚且能与杨雄、石秀对战，其武功可见一斑。而王英不但相貌丑陋，而且十分好色，只一个回合便被扈三娘捉去了。所以田连元在说这段评书的时候，特意说到扈三娘对这门亲事并不满意，每日要求与王英比武，这样确实更合情理。

潘金莲虽然已经成了“淫妇”的代名词，但她并非生来淫荡。《水浒传》第二十四回原文：“那清河县里有一个大户人家，有个使女，小名唤做潘金莲，年方二十余岁，颇有些颜色。因为那个大户要缠他，这女使只是去告主人婆，意下不肯依从。那个大户以此记恨于心，却倒赔些房奁，不要武大一文钱，白白地嫁与他。”潘金莲出场时是一位热爱贞洁、不畏强暴的女性。她被迫嫁给武大之后，心灰意冷，没想到又遇到了小叔武松，被武松惹动了情欲。结果武松是“一筹好汉”，不但不肯做此乱伦之事，而且对潘金莲动粗，所以她只得改投西门庆这个好色之徒的怀抱。后来一错再错，做出谋害武大这样罪恶的事情来。

有人读《水浒》时替书中人操心，认为扈三娘到了梁山后应该逃离王英的魔爪，和林教头私奔，因为他们两人更般配。且不讨论自由恋爱、妇女解放这些很现代的观念扈三娘是否可能具有，有一点我们可以想象，如果扈三娘真的对林冲有所表白，在当时的社会环境里，下场恐怕不会比潘金莲好多少。前文已经说过，林冲是一个很懦弱的人，自己的妻子在屋内被人调戏的时候，他居然只在门外大喊，以避免正面冲突，息事宁人。被发配沧州的时候，他居然写下了一封休书，相当于把自己的娘子扔在了高衙内的面前。这样一个不负责任的男人，当然就不能指望他放弃眼前的苟且，与扈三娘过漂泊的日子。何况夺“兄弟”之妻也是江湖所不容的，所以林冲必然拒绝，一如武松拒绝他的嫂子。

而梁山上也恰巧有西门庆式的人物，那便是戴宗。燕青为了梁山招安之事去拜访李师师。李师师对燕青产生了好感，却被燕青用巧计拒绝了。后来燕青回山，把事情告诉戴宗，没想到戴宗说:“如此最好！只恐兄弟心猿意马，拴缚不定。”这是典型的以小人之心度君子之腹。如果燕青心猿意马，早就接受李师师的美意了，根本不必在戴宗面前说破。即使他还有所犹豫，也会先与李师师保持暧昧关系，而不是断然拒绝。最后戴宗逼得燕青发誓：“大丈夫处世，若为酒色而忘其本，此与禽兽何异？燕青但有此心，死于万剑之下！”听完此话，戴宗也觉得不好意思，只得笑说：“你我都是好汉，何必说誓！”燕青心下不悦，但不肯表露，只冷冷地软反击了一句：“如何不说誓，兄长必然生疑！”

对这番对话略作心理分析，我们就不难推断出戴宗是一个好色之徒，而且在美色之前未必能把持得住自己。有潘金莲的教训在先，我们不难想象，如果扈三娘对林冲表露好感，等待她的将会是怎样的结局。不反抗，意味着一辈子守着一个没出息的好色之徒；反抗，绝无出路。所以不管怎样，扈三娘一旦嫁给王英便只能以悲剧收场。

其实即使扈三娘没有遇到梁山上的人，直接嫁给祝彪，也未见得是一件好事。祝家庄和扈家庄本属于政治联姻，祝家庄的势力又远远大于扈家庄，所以扈三娘和祝彪之间的联姻本就是不平等的，甚至在一定程度上，可以说是扈家庄将扈三娘送给了祝彪，她也不过是祝彪的战利品而已。如果祝彪对她无情，他们的故事无异于《红楼梦》中的孙绍祖与贾迎春；即使祝彪对她有恩情，不肆意侮辱、折磨，以祝家的实力，他也免不了妻妾成群，扈三娘最好的结果也不过像孟超所说，“如西门大官人府里的吴月娘之流罢了”。

向没有爱情的时代索要爱情，是当代读者对于《水浒传》的一种偏执。我们读文本，在质疑其合理性之前，应该先观照它的文化背景。扈三娘的婚姻悲剧之后隐藏着我们民族的三种不良心理：

第一是读书人的变态审美取向——准确地说，不是审美，是审丑，通俗一点说就是“吃不到葡萄说葡萄酸”的心态。《红楼梦》“史太君破陈腐旧套”一节中，贾母分析才子佳人的俗套时说：“这有个原故：编这样书的，有一等妒人家富贵，或有求不遂心，所以编出来污秽人家。再一等他自己看了这些书，看魔了，他也想一个佳人，所以编了出来取乐。”读书人艳羡才子佳人的故事，往往自命为才子，却无奈没有佳人相伴，所以他们就故意在书中安排美丽的女子嫁给无能、丑陋且龌龊的人，为自己求得心理平衡。

第二是中国传统文人的功利心和虚伪做派——一方面热衷功利，一方面又要保全自己的面子和清高形象。反映在文学作品中，有两个故事最为典型：一是三顾茅庐，一是《天仙配》。三顾茅庐表达的是下层文人的自尊。他们自认为有不世才华，汲汲于名利，却又羞于谈名利，心态十分矛盾。他们不去参加科举和面圣，却幻想着未来的皇帝屈尊纡贵地拜访自己，而且理想中的自己必须摆足架子，让人家多请几次。《天仙配》讲述的是，一个穷小子有品行却拙于营生，只能等天上降下一个美丽的仙女，与他结为夫妻，并且用神力帮助他致富。

相比之下，三顾茅庐的故事还具有一定的合理性，假如有个民间读书人确实有着诸葛亮般的学识、谋略，又恰巧有个创业之君在寻找谋士，这样的事确实是可能发生的。《天仙配》则完全是子虚乌有。尽管董永是著名孝子，但在以“孝”为主流意识形态的古代，比董永更“孝”且各方面条件更优秀的人不知凡几，同样名列“二十四孝”的就有东汉名宦黄香、北宋大文人黄庭坚等。七仙女不选择那些更优质的人物，却固执地嫁给除了“孝”一无是处的董永，岂不是咄咄怪事？这大概是因为，讲名宦和大文人们遇仙，不能让听故事的凡夫俗子产生代入感。扈三娘只能嫁给王英而不是林冲，亦可作如是观。

第三是前文已经反复述及的“好汉”思想。在此要特别声明，“好汉”思维并不是《水浒》作者所特有的。唐代元稹《莺莺传》写张生抛弃莺莺时说：“昔殷之辛、周之幽，据百万之国，其势甚厚。然而一女子败之，溃其众，屠其身，至今为天下僇笑。予之德不足以胜妖孽，是用忍情。”《枕中记》里的卢生亦将娇妻、儿女都当成身外之物。而那些比《水浒传》更晚出的小说如《肉蒲团》《两肉缘》等，都宣扬那套“因空见色，由色生情，传情入色，自色悟空”的理论，强行做宗教哲学的解释，这是理学禁欲思想在明清文学中的曲折反映。所以这一时期产生了一系列武圣人拒绝美色的神话。第一任武圣姜子牙有所谓的“蒙面斩妲己”，第二任武圣关羽则有“月下斩貂蝉”。所以，能够娶扈三娘的也只有不配做“好汉”的王英，这或许是扈三娘悲剧产生的根本原因。

说“争竞”

毛头星孔明、独火星孔亮兄弟原是白虎山下孔太公的儿子。在孔太公死后，他们“因和本乡一个财主争竞，把他一门良贱尽都杀了，聚集起五七百人，占住白虎山，打家劫舍”。

这里所谓的“争竞”，就是用不正当手段竞争的意思。在《水浒》时代，不管是政界还是是商场，都没有竞争道德可言，有的人手段过于龌龊，确实会引发仇恨，激化矛盾。梁山上的石勇就是因为赌博时遇上“出老千”，一怒之下打死人的。

孔明对跟他“争竞”的财主恐怕早有仇恨，而且压抑甚久，只是因为孔太公生前掌管山庄，所以孔明没有机会一偿夙愿。竞争就像下棋，要会布局，要有耐心，而孔明和孔亮的星号之所以是毛头星和独火星，正是因为他们兄弟过于“性急”。孔太公之所以留宋江教他们枪棒，目的恐怕不止是让他们学点武艺，更重要的是让他们学到宋江的政治头脑，但两兄弟学到的东西明显有限，父亲刚死，便杀了和他们“争竞”的大户，落草为寇，并认为这是“好汉行径”——政治手段玩到了尽头，往往就是恐怖主义登场之时。

韩非认为君主应该法、术、势兼用，法用来统驭国家，势用来巩固权力，术用来操纵臣下。政治竞争的双方通常只有立场之别，而不可能有是非之分，为了胜出，自然可以无所不用其极。所谓“权术”，其实不过是频繁为对方制造麻烦并为自己解决麻烦的过程，或不断将对方置于危险的境地而让自己化险为夷的过程。

故从政者第一要有耐心和毅力，第二要有智慧和判断力，第三要有团队和外援。能够与上户颉颃这么久，证明孔太公有强大的团队和充足的外援，且这些有利条件完全可以被孔明、孔亮兄弟继承。可惜二人缺乏成为操盘手的政治智慧和心理素质，辜负了孔太公的一片苦心。

这当然和孔太公的教育方式有直接关系。孔亮下山吃酒遇到武松那次，店家不肯将酒肉卖给武松，并说：“青花瓮酒和鸡肉都是那二郎家里自将来的，只借我店里坐地吃酒。”如果这话是假的，明显可以看出孔亮平素就横行霸道，为祸乡里；如果是真的，至少说明他不务正业。不过，孔明、孔亮虽然跋扈，但从他们对待武松的态度上看，他们并不是穆弘、施恩那样一贯欺压良民的恶棍。虽然孔亮对武松发狠：“不如把这秃贼一顿打死了，一把火烧了他，才与我消得这口恨气。”但他只是“拿起藤条”，并没有取刀杀人，可见说的不过是气话。而孔明所谓“问出那厮根原，解送官司理论”，恐怕才是他们惯用的报复手段。这兄弟俩绝不像穆弘、穆春一样，心狠手辣，杀人不眨眼：“尽气力打了一顿，如今把来吊在都头家里，明日送去江边，捆做一块抛在江里，出那口鸟气。”孔明、孔亮虽然不善，但并不是不可救药的恶人，是孔太公的教育缺失，导致了他们“性急”生事，最后走上灭人满门的犯罪道路。

孔太公生前最大的失策，是没有及早让孔明、孔亮兄弟直接参与山庄的管理。即使宋江能够教给他们人生经验，要悟得其中三昧，也必须经过亲身历练。我小的时候读《吴越春秋》，总觉得夫差之所以败给勾践，不过是因为愚蠢自大，后来才发现，职场上勾践一类的人物真的很难防备。有些道理，只凭师长耳提面命，没有经过切身经历的验证，永远不会真懂。

所谓“读史明事”，是对有人生阅历的人而言的。孔太公似乎没有想过这一层，他以为自己的两个儿子可以从宋江那里获得足够的教益，殊不知间接的经验永远不可能代替直接的经历。这个教训是非常值得我们今日引以为戒的。

孟康的悲剧

有一个很流行的说法，《水浒》中只有林冲才算是被“逼上梁山”的，其他人的落草虽然各有缘故，但都不算官逼民反。这是不对的。梁山的历史以宋江的介入（引人上山）为界，可以分为两个时期：前期和二龙山、桃花山等区别不大，虽然晁盖、吴用等人声望不小，但二龙山的鲁智深、杨志、武松也都是扬名天下的好汉。而在晁盖夺取寨主之位前，林冲上山的时候，王伦掌管下的梁山根本无法跟上述山寨抗衡。从这个意义上讲，我们或许可以把“逼上梁山”理解为广义的被逼落草。受到外力逼迫而落草的人物，当然不止林冲一个。

譬如铁面孔目裴宣，他原是京兆府人氏，“六案孔目出身，极好刀笔。为人忠直聪明，分毫不肯苟且，本处人都称他铁面孔目。亦会拈枪使棒，舞剑抡刀，智勇足备。为因朝廷除将一员贪滥知府到来，把他寻事刺配沙门岛”。玉幡竿孟康也是如此，“祖贯是真定州人氏，善造大小船只。原因押送花石纲，要造大船，嗔怪这提调官催并责罚他，把本官一时杀了，弃家逃走在江湖上绿林中安身，已得年久”。但凡在当时的体制内不能生存而落草的，其实都可以被视为“逼上梁山”者。

林冲、裴宣、孟康所代表的还只是被“逼上梁山”的官吏，而更多的例子来自无职业者，即古代所谓的流氓阶层。“氓”的本义是“民”，“流氓”二字原指乡间无业者，也就是《水浒传》里所谓的“闲汉”。这种人有时会滋事，有时也能在乡间形成自己的势力，一定程度上起着稳定基层社会的作用——所以谋求改朝换代的人，常常会动员流氓。他们在乡间势大，能够召集民众；他们无正经职业，有着通过铤而走险改变自身处境的强烈意愿。虽然在今天，“流氓”一词已经偏离了原初含义，但我们仍然只能使用它，因为意思相近的词中，“流民”通常指灾荒中的逃亡者，“流寓”通常指在原籍以外的地方生活的人，“闲汉”则通常指行为懒散的人，它们都不如“流氓”一词来得准确。

流氓是小农社会的必然产物。他们渴望改变自身处境，却找寻不到合理的上升渠道，不约而同地走上了用暴力改变社会之路，将“劫富济贫”视为实现公平正义的不二法门。同样他们也渴望特权，希望有一日翻身做主，也能像先时的统治者一样随心所欲。譬如李逵虽然反对招安，但对做官也一样怀有执念。他下山接老母时谎称：“铁牛如今做了官，上路特来取娘。”而他下山“乔坐衙”，也是非要在寿张县体验一下当官的威风不可，从这里更可看出他想当官的态度。过去讲，“要做官，杀人放火受招安”，所以，宋江的招安理念实际上在流氓阶层中是很有市场的，他要说服梁山徒众跟着自己走，并不十分费力。

但只靠流氓，梁山的发展空间必然很狭窄，所以宋江将花荣、秦明、黄信等人都引到梁山队伍里来，是充分考虑梁山的前途命运的。宋江执掌下的梁山，为北宋各个阶层的失意者提供了一个相聚和联合的平台。因为人终究是群居动物，需要社会认同。“白龙庙英雄小聚义”恰恰是梁山立意吸纳社会各阶层人才的一个宣告，对于裴宣、孟康这样的人很有吸引力。

不过，梁山群雄的来源虽然驳杂，却没有商人和乞丐。盖在《水浒》的时代，商品经济正在迅速发展，商人总不至于没有出路，且他们另有一套立身之道，梁山对他们是没有什么吸引力的。梁山上的人虽然自称“好汉”，但在当时的主流社会良民眼中，他们只是一群贼寇，商人如若“资寇”，会落下把柄。中国自古重本抑末，打击商贾，商人如有这个把柄落在竞争对手或官方手里，是不小的麻烦。因为这些缘故，商人对“好汉”们一向是敬而远之的，故而也不会受梁山的待见，避免了被拉拢入伙。至于乞丐，一个人但凡有了做乞丐的心，也就不求上进了，很难做到为改变自身处境而拼死努力。所谓“丐帮”云云，不过是武侠小说家根据古代丐户推立“团头”的传统想象出来的。

所以梁山群雄上山前的身份主要是流氓、降将、有一技傍身的江湖人士。从当时的人才储备看，神机军师朱武可以负责排兵布阵，帮助吴用统筹大小事务；神火将军魏定国擅长火攻，能够帮助梁山打造一支火器部队；轰天雷凌振制造的火炮能打十四五里远，可以为梁山组建一支强大的炮兵部队；混世魔王樊瑞擅长法术，八臂哪吒项充、飞天大圣李衮善为盾牌术，都可以组建特种部队迎敌；鬼脸杜兴原来是李家庄的大总管，做事有条不紊，可以主管出纳；裴宣可以掌法务，蒋敬可以当会计，陶宗旺搞土木……但在梁山上，我们完全没看到这些人的专长得到发挥，也没有看到梁山在传统的步兵、马兵、水军之外添设任何军事建制。我甚至觉得，有些人才，如乐和、萧让、金大坚，梁山是用不到的，对这些人来说，受招安才是最好的出路。写字、刻印、吹拉弹唱，都不过是贵族豪门帮闲的傍身之技，精通这些技艺的人不管怎么改朝换代都是被需要的，因此他们无所谓什么政治立场上的是非。燕青也是职业帮闲出身，但他对卢俊义十足忠诚，且有别的本领，自然可以另当别论。

但梁山没能用好孟康实在有些可惜。孟康出现在第四十四回，后来跟裴宣、邓飞一起上了梁山，接替马麟主管造船。可到了第五十七回大破连环马，孟康又成为了水军头领。尽管后来梁山分工的时候，孟康还是被安排负责造船，但每逢出战，孟康就成了水军头领，跟童威、童猛并列。尽管孟康也是技术人才，但他的专长不是“帮闲”而是“帮忙”，且是工匠头，所以梁山的环境更适合他的发展，这是他和乐和、萧让等人的本质不同。梁山四面环水，没几块正经土地，所以水军一直很受重视，而梁山上能够水上作战的豪杰有阮氏三雄、张横、张顺，童威、童猛，再加上一位混江龙李俊，可谓人才济济，根本犯不着让孟康去凑数。

事实上，当梁山队伍吸纳了来自社会各阶层的人才，逐渐复杂起来的时候，就从一个体系外的“江湖”过渡为一个新的体制。因为宋江急于受招安，所以我们没能看到梁山的等级制度进一步发展成熟。如若宋江坚持造反到底，那么梁山便免不了如方腊的队伍一样，完全政权化。如若他们真的得了天下，宋江恐怕也会成为刘邦、朱元璋的翻版。萨孟武先生说：“宋江得到天下之日，便是李逵被诛之时。”我想这是一定的。梁山一伙即使得了江山，实现了改朝换代，新政权的官僚也将贪污腐化和压迫民众如故，裴宣、孟康这样的人被逼上梁山也仍然不可避免。

杀人的裁缝

通臂猿侯健在杀黄文炳全家之前是个地地道道的良民，跟强盗事业没有一丝一毫的联系。但他的师父薛永将他引荐给宋江之际，他没有一丝一毫的犹豫和顾虑，便答应为宋江查探黄文炳的家况。黄文炳对他极为信任，使得他可以出入黄府任何一间房屋，否则黄文炳的家口有四五十之多，宅院的复杂不言而喻，侯健以一个裁缝的身份，绝不会对黄家的地理那样熟悉。何况黄文炳与哥哥黄文烨交谈的时候也没有避开侯健，可见黄氏兄弟对他的信任。考察黄文炳的本心，他不过是把侯健当成了刘姥姥式的清客——虽然未必瞧得上他，却也有几分好感和亲热。

但这个裁缝却先对黄家兄弟存了偏见：“黄文炳有个嫡亲哥哥，唤做黄文烨，与这文炳是一母所生二子。这黄文烨平生只是行善事，修桥补路，塑佛斋僧，扶危济困，救拔贫苦，那无为军城中都叫他‘黄佛子’。这黄文炳虽是罢闲通判，心里只要害人，惯行歹事，无为军都叫他做‘黄蜂刺’。”自以为能明辨正邪。诚然，黄文炳对不起宋江等很多人，但他并没有对不起侯健。如果侯健真有“替天行道”的正义感，就不该去赚黄文炳的钱；如果“替天行道”敌不过“生计所迫”，他至少不应该在赚了钱之后还对黄文炳那样亲近。如果黄文炳真如侯健所言是个“黄蜂刺”，便没有理由对一个满腔正义感的普通裁缝如此信任，除非这个裁缝的身上，在自诩的“正义”之外，还有着能够被黄文炳欣赏、看重的东西——从后文火烧黄宅我们可以看出，侯健的这一点“东西”就是他的残忍。

作恶一生的黄文炳恐怕到死也不会想到，自己家族被灭门的罪魁居然是这个平日跟自己很亲密的裁缝。侯健与黄文炳之间并没有仇恨，他之所以对黄文炳下此毒手，除了是向宋江邀功请赏以外，更主要的原因是他内心隐藏的人性之恶。黄文炳拥有着许多他思而不得的东西，比如权力、女色、钱财、风光而舒适的生活。侯健之于黄文炳，正如李固之于卢俊义，区别只在于前者没有正式投靠，不是家丁或管家身份而已。

人通常不会嫉妒遥不可及的对象，却很容易对身边高出自己一等的人充满敌意。黄文炳显然不知道，他与侯健越亲近，就越会引起侯健的嫉妒；侯健对黄家的财富和势力了解越多，他心中的嫉妒所转化成的怨恨就越强烈。孔子感慨“小人难养”，“近之则不逊，远之则怨”，正是指侯健这种情况。在法制相对健全、社会风气邪不压正的时代，人性之恶尚能得到抑制。但在《水浒》时代，侯健有宋江当后台，有梁山当后路，便毫不犹豫地充当起灭门惨案的制造者，并以“好汉”的名义逍遥法外。

萨特说："他人即地狱。"照我的理解，这句话第一是说人心深不可测，就像黑洞一样隐藏着各种可能；第二是说人性恶总是被压抑在内心深处的，我们与他人越亲近，对方的人性恶便越膨胀，以致反噬我们的信任与善意。

与人交往切忌毫无保留。人与人之间的交往必须掌握一个"度"，宋江便是掌握"度"的高手。在与不如己者的交往中，宋江始终能够做到，在与他们亲密、向他们提供帮助的同时，将自己摆放在对方恩人的位置上。古人讲："斗米养恩，石米养仇。"故宋江的待人之道看似简单，实则不易。宋江的原则是，可以付出，但绝不能不求回报。他在给阎公出了棺材本以后，随即将阎婆惜收为外室，正是要让别人看到，宋江不是白白施舍，受他恩惠者必须付出对等的代价。宋江日常给唐牛儿钱财使用，关键的时候必须让唐牛儿去给自己顶罪。"养兵千日，用兵一时"，"兵"可以永远派不上用场，但必须时刻做好为他宋江所用的准备——宋江始终是拿钱买用处，这反而让他始终占据着道德制高点和话语主动权。相比之下，黄文炳对侯健过分亲昵，反而降低了自己在对方心目中的地位，导致了自己的死亡。

侯健这类人的作恶实际上比流氓的造反更为可怕。第一，前文提到，所谓"流氓"其实不过是"闲汉"，就是无业者；而侯健是有职业的人，他在具备流氓手段的同时，还有着流氓所不具备的是非意识，能够将自己的非正当行为"正义化"。

扬子江畔的王定六父子，父亲口口声声说："若得他（宋江）来这里，百姓都快活，不吃这伙滥官污吏薅恼！"但儿子王定六当即带着张顺骗杀了截江鬼张旺等人，毫无人性，大概也是侯健式的人物。第二，无业的流氓常在乡间称霸，是很容易辨识的，这类人完全可以躲避，官府也有的是对付他们的手段；而侯健这样有家有业的人，若是起了歹心，是防不胜防的。

宋清的来路与去路

《水浒传》的作者绝不像一般的话本编辑者，只是对文本略作删定、润色，而是加以精心设计和融入自身思想的。旧传《水浒传》“的本”，主要演绎“宋江三十六人”之事，加上晁盖、孙立、杜迁、王英、燕顺等人的故事，所涉及的“好汉”，绝不到一百零八人的规模。但《水浒》的作者将“好汉”的人数扩大到三倍，虽然未能详尽刻画每个人的形象、性格和经历，但他对今本《水浒》的创作参与程度之深自不待言。

一百零八将中多出来的七十几人多出自作者的凭空创造，但他们的名字并不是完全没有历史来源的。比如单廷珪这个人就是五代时期刘守光的部将，他刺杀周德威反而被擒之事与《水浒》中关胜擒圣水将军单廷珪如出一辙。天目将彭玘大概来自于南宋初年河南府将领彭玘的名字。扈三娘的绰号“一丈青”原本属于南宋初年马夫人。余嘉锡先生有《宋江三十六人考实》，考证《宋江三十六人赞》和《大宋宣和遗事》中的人物甚详。何心先生的《水浒研究》对《水浒传》中的绰号亦有非常详实的考证。

宋江的弟弟名叫宋清，我颇怀疑这个名字来源于柳宗元的《宋清传》。这篇传文写京城的药商宋清经常将药材赊与穷人，并且在年终毁掉欠条，后来这些穷人中有发迹做官的，纷纷送礼给宋清，于是宋清成为富有的人。柳宗元感叹道："清之取利远，远故大，岂若小市人哉。"这一处世之道与《水浒传》中的宋江非常相似。宋江的仗义疏财，也不是只看眼前利益，但他一旦落难，平日所发展的人脉就纷纷派上用场——不但横海郡的柴进、清风寨的花荣愿意收留他，素不相识的燕顺、王英等人听到他的大名也是"纳头便拜"。这正是《宋清传》中所谓的"善取远利"。

《水浒传》的作者将宋江的弟弟命名为宋清，大约是预备将他写成宋江的影子。从原著中，我们几乎看不到宋江的家庭生活，只看到宋江到柴进庄上去时，"弟兄两个各挎了一口腰刀，都拿了一条朴刀，径出离了宋家村"。宋清之所以跟在宋江后面，无非是宋太公担心宋江结交一些歹类。

宋江之所以头一站就投奔柴进，并且结交武松这样的人物，就是要让宋清亲眼看见自己在江湖上的地位以及所结交的江湖朋友，以期望宋清回家说服老父——所以他立刻打发宋清回家，一方面是希望父亲放心自己去闯江湖，另一方面也是保护宋清。没想到宋清联合石勇伪造宋太公丧讯，对他进行道德绑架，强迫他回家。宋江一回到家，听说老父健在，立刻痛骂宋清："你这忤逆畜生，是何道理！父亲见今在堂，如何却写书来戏弄我？"其实主要不是为宋清伪造老父的死讯而愤怒，而是恨宋清不理解自己。

宋江对宋清的安排止于梁山上的派宴，不让宋清显山露水，这恰恰是宋江的用心良苦之处。宋太公不像孔太公那样富有。为了改变家庭命运，宋江甘心为吏，并与宋太公切割。这样，他以后干成了一番事业，可以提携家人；万一失败了，惹出祸事，则一人承担罪责与骂名。宋江出场时已经三旬开外，并没有一男半女，实际上也是因为担心家口的拖累。从这个意义上讲，宋江是家族的牺牲者，所以“驰名大孝”，被称作“孝义黑三郎”。

也正是由于这个原因，宋江把宋清当成自己唯一的接班人。宋清所负责的派宴工作，并非只是掌管厨房那么简单。梁山派系复杂，负责派宴可以使宋清有足够机会和梁山上的各色人等进行互动，加深感情。宋江深知，政治的第一要素是人，而军功是可以慢慢积累的，驾驭带兵的人比自己带兵重要得多。

宋江之所以选择接受招安而非造反到底，恐怕也有对家族负责的考虑。纵观中国的历史，很少有能够延续两代以上的割据。通常的情况是，在一代人的时间里，要么造反成功，要么被消灭。平心而论，以当时梁山的条件，取赵宋王朝而代之的可能性微乎其微，宋江又不希望自己的势力终被消灭，所以只有接受招安一途。

宋江被招安后，时常把宋清带在身边，除了让他和萧让去买了一回药材以外，没有给他分配什么任务。宋江无后，他的政治遗产完全可以被宋清及其后代继承，不需要宋清亲自上战场博取功名。何况，如果宋清在战场上表现不佳，则很容易给朝廷中人留下攻击宋江的口实；如果宋清表现优秀，则很容易引起皇帝的猜忌。所以他将宋清留在自己身边是最妥当的办法。

从梁山聚义到受招安、征辽、征方腊，宋清也逐渐成熟，在思想理念上越来越接近宋江。他懂得了宋江这样安排的意图，找准了自己的位置。后来朝廷因宋江显灵，准备加封宋清，宋清就托称风疾不受，回郓城为农了。因为他知道，宋江显灵的神话已然挑战了君主的权威，如果他贸然接受官职，等待他的将会是叵测的命运。他明智地选择了隐退。此时宋江的“忠义”之名已经遍布天下，他只要在家务农，就可以将这来之不易的“忠义”二字坐实——宋江兄弟功成身退，不求富贵。这种宝贵的声誉，终究会使他的子孙后代获益无穷。

果然，他的儿子宋安平通过科举入仕，官至秘书学士，改变了宋家的命运。这恰是宋江生前最大的心愿。

曹正与禁军

“禁军”问题在《水浒传》里是至关重要的，但似乎没有评论家把它说清楚。

所谓禁军就是中央军，是受制于皇帝的，自古便有。只不过古代的禁军人数都不是很多。五代十国时，武将拥兵自重，篡权夺位之事时有发生。宋朝的开国皇帝赵匡胤为了避免重蹈覆辙，杯酒释兵权，同时抽调地方军队的精锐进入禁军，禁军的人数便庞大起来。《水浒传》提到禁军的时候总是说“八十万禁军”，实际上那不过是宋仁宗时期的巅峰数量，其中十万在中央，七十万在地方。在中央的称为“在京禁军”，后来地方禁军有所裁撤，但在京禁军并没有被裁，始终保持着十万人的编制。《水浒传》故事发生的宣和年间，在京禁军的理论规模也在十万人左右，但有学者认为，当时禁军的实际规模不会超过五万，而且中国古代军队有吃空饷的传统，所以会多报军人的数量以多领军饷，供将军们中饱私囊，故而在京禁军的实际人数恐怕只有三万而已。《建炎以来朝野杂记》说：“国朝旧制，殿前、侍卫、马步三衙禁旅合十余万人。宣和间，仅存三万而已。京城之破，多死于敌。”我们所讨论的就是这三万左右的在京禁军。

由于在京戍卫，只负责防御作战，且很少有实战机会，一般认为，禁军的作战能力不如地方上的厢兵或民间的乡兵。从《水浒传》看，高俅率领的禁军在梁山面前几乎不堪一击，而祝家庄、曾头市的乡兵几乎可以跟梁山泊抗衡。这是因为，宋朝不抑制土地兼并，私家土地多了，难免被人觊觎，必须配备自己的武装力量以护卫庄园。如果一家庄园的力量不够大，就与周边的庄园结为联盟。祝家庄和扈家庄、李家庄结盟，就是这样的例子。

传统上，禁军归都点检或副都点检指挥，但北宋的开国皇帝赵匡胤就是都点检出身，所以这个职位自开国以来便没有授人，副都点检之职不久也废置了。宋朝的禁军到了《水浒传》故事发生的宣和年间，应该由侍卫亲军马步军都指挥使管辖，小说中高俅的职位应该便是这个。那么高俅何以被称作“太尉”呢？原来北宋的官制，有官，有职，有差遣。一般来讲，官位是发放俸禄的依据，职是荣誉衔，差遣才是实际职权。“太尉”就是高俅的荣誉衔，当时被称为“检校官”，所以当时除了高俅高太尉还有洪信洪太尉、宿元景宿太尉、陈宗善陈太尉等。

至于林冲所担任的“教头”是什么，各种官制书上都没有给出详细的解释，我们只知道教头负责禁军训练，且要求武艺高超。教头也被称作教师，且有“教头”与“都教头”之别。都教头的身份高于教头，但往往也被称为“教头”。

《宋史》里提到都教头的文字只有两处，其中较为详细的是第一百九十二卷："凡禁军教头二百七十、都教头三十、使臣十。"我们大概能够看出人员比例。二百七十名教头置于四五十万人的禁军中，差不多每人训练的士兵不足两千，属中下级军官。都教头只有三十人，每人训练的士兵在万人以上，可以算作中等军官。

《水浒传》中明确提到的都教头只有两个人，其中一个是林冲，这是很容易被我们忽视的。因为在关于林冲的正文里，作者都把他称为"林教头"，使我们认为他属于那两三百号的普通教头行列。但到了杨志和鲁智深双夺宝珠寺的时候，操刀鬼曹正介绍自己："小人原是开封府人氏，乃是八十万禁军都教头林冲的徒弟。"杨志在梁山上见过林冲，曹正绝不至于在他面前扯谎。而陆谦与林冲对谈时，说的也是"如今禁军中虽有几个教头"，可见与林冲同级者人数不多，这也是林冲都教头身份的一个旁证。另一个是"八十万禁军都教头，官带左义卫亲军指挥使，护驾将军丘岳"。按照这里的叙述，"左义卫亲军指挥使"是丘岳的官位，那么都教头只是他的荣誉衔。同理，林冲的"都教头"也应该是荣誉衔，至于他的实际官职是什么，我们并不知道。从他能够和陆谦一道喝酒看来，他的官位当与陆谦接近。陆谦的官职是都虞候，从制度上看，属于禁军中的第五级，但前已说明，禁军中的前两级点检和副点检是虚设的，所以都虞候实际上是禁军中的第三级，可见两人的地位其实都不低。林冲能够被高俅邀请进白虎节堂议事，也可以从侧面证明这一点。

以林冲的身份，资助过曹正是有可能的，但论教徒弟，恐怕曹正还不够资格。曹正之所以敢自称林冲徒弟，大概是因为林冲官居都教头，手下万余人都可以算作他的徒弟。但假如林冲是在做仅带领一两千士兵的普通教头的时候，便训练过曹正，那两人的关系自然应该更亲昵一些，曹正自然就更有可能以林冲的徒弟自居。总之，曹正不过是当时三万多在京禁军士兵中最普通的一员，但他和平素勇猛的杨志打斗，竟没有让对方轻易占到上风，也可以算人中翘楚了。可惜禁军并没有把这样的人才留住，任由他到二龙山下宝珠寺前屠猪卖酒去了。这倒也不难理解，因为一方面禁军比较清闲，底层社会中愿意参加的人很多，所以禁军的招募、提拔就不可避免地出现各种乱象；另一方面北宋极其重文轻武，所以士兵身份卑微，在军营中总会受很多屈辱，往往会成为逃兵。

宋代苏辙所作《孟德传》记载了一个禁军神勇营逃兵的故事。传主孟德年少时喜好山林生活，宋仁宗嘉祐年间，他戍守秦州，那里名山很多，他深受吸引，便休掉妻子，把儿子送人，逃到华山脚下，用全身衣服换了一把刀和十只饼，过起了他所向往的山林生活。饼吃完以后，孟德采草根和野果充饥，有时竟然一天病痛十余次。但是孟德没有放弃，他自有一番理论："我是禁军中的逃兵，被捉住也是死，饿死也是死，遇到毒虫猛兽也是死。总之一死，也就没什么可忧虑的了。”后来孟德渐渐适应了这种生活。有一天，孟德来到商州，被哨兵抓住，但受到商州知府宋孝孙的赏识，得以免死，复员为民。

孟德的结局算好的，林冲、王进等军人则不断遭到陷害。董超、薛霸把林冲引到野猪林，欲加杀害，幸而鲁智深出手相救，他才幸免于难。作者写野猪林：“宋时，这座林子内，但有些冤仇的，使用些钱与公人，带到这里，不知结果了多少好汉。”那时，禁军中的官兵因为得罪权贵而被谋害是常有的事。曹正也许只是因为侥幸，才免过了劫难。而面对初相识的东京杨制使时，曹正便多留了一个心眼，只说自己是屠户出身，隐瞒了曾充当禁军的经历，否则以杨志的武功，捉自己回去赎罪岂非很轻松的事？这也是他一再引诱杨志去打二龙山的原因。曹正这样的人才不愿留在禁军中，不但自己落草，还劝诱他人落草，当时的社会风气就可想而知了，禁军的衰落也是情理之中的。

时迁的座次与梁山的绰号

《水浒传》这部书中，时迁是不可或缺的角色。

一方面梁山发展壮大，人多事繁，一些棘手问题，难免要用到非常手段。这些非常手段不可能由宋襄公式的道德楷模来做，如果梁山上只有一群宁折不弯的正人君子，就会像一架笨重的战车，威力有余而灵活不足。如果没有时迁盗雁翎甲，徐宁就不会被骗上梁山，呼延灼的连环马便无人能敌，梁山就会遇上大麻烦。如果没有时迁火烧翠云楼，卢俊义、石秀就不能从容脱身，甚至还有命丧黄泉的危险。此后三败高俅时火烧济州城楼，征辽时火烧蓟州，征方腊时火烧独松关、昱岭关，时迁都立下了很大的功劳。

另一方面，梁山坐落于八百里水泊，环境相对封闭，所以常常需要靠戴宗和时迁定时下山打探情报。戴宗号称“神行太保”，他带来的消息迅速及时，时迁的情报则更详赡具体。例如第六十八回两人同时探查曾头市，戴宗先回来说：“这曾头市要与凌州报仇，欲起军马。见今曾头市口扎下大寨，又在法华寺内做中军帐，数百里遍插旌旗，不知何路可进。”而时迁回寨报说：“小弟直到曾头市里面探知备细。见今扎下五个寨栅。曾头市前面，二千余人守住村口。总寨内是教师史文恭执掌，北寨是曾涂与副教师苏定，南寨是次子曾密，西寨是三子曾索，东寨是四子曾魁，中寨是第五子曾升与父亲曾弄守把。这个青州郁保四，身长一丈，腰阔数围，绰号'险道神'，将这夺的许多马匹都喂养在法华寺内。"虽然两人只差了一日，但是情报的及时性对于梁山来说至关重要，所以戴宗可以说是立了头功的。而时迁情报的信息量几乎是戴宗的两倍，贡献也不在戴宗之下。然而在梁山的座次上，时迁却与戴宗相差甚远，戴宗高居天罡第二十名，时迁则排在地煞倒数第二名。虽然我们知道，这个排名是"天意"使然，但操纵"天意"的无非是《水浒》作者的一支笔。

时迁排名如此靠后，无非因为他的身份是小偷，这个身份导致他无论做出多大贡献，都不会得到众人的尊重与认可。王安石在《读孟尝君传》中评论道："孟尝君特鸡鸣狗盗之雄耳，岂足以言得士？不然，擅齐之强，得一士焉，宜可以南面而制秦，尚何取鸡鸣狗盗之力哉？夫鸡鸣狗盗之出其门，此士之所以不至也。"孟尝君是战国时齐国的公子，他出使秦国时，秦昭王见他很有才能，想把他留在身边当国相。但有人对昭王说："孟尝君不会安心为秦国服务，一定以齐国利益为先。"孟尝君得知，怕遭遇不测，准备逃出秦国。于是他的门客中有个擅长偷盗的人到秦王宫偷出白狐裘献给昭王的宠姬，求她说情，使孟尝君有了逃走的机会。事后，秦昭王反悔，又派人去追孟尝君。孟尝君逃到一个关口时，因为天没亮，关门紧闭，他便让自己门客中一个擅长口技的人学鸡叫，让看守关门的人误以为已到拂晓时分，打开了关门。这样，孟尝君一伙人成功脱险。以前孟尝君把这两个鸡鸣狗盗之徒奉为上宾，其他门客都很不齿，自此之后，“客皆服”。王安石却认为这是本末倒置，正因为孟尝君重视鸡鸣狗盗之徒，所以贤人不至，齐国不兴，他们才被秦国欺凌。张恨水《水浒人物论赞》说：“施耐庵之写时迁入水浒，亦正王荆公之意也。”洵为确论。

金圣叹亦有相同看法，所以他将时迁和宋江同时品评为“下下人物”。从绰号看，时人对时迁的评价也不高。绰号代表一个人的江湖形象。譬如被叫作“虎”“大虫”“夜叉”的，通常是凶恶、令人害怕的人，算不得一流人物，因此他们之中，除了“插翅虎”雷横外，都没资格排进天罡。而叫“鼠”“蚤”“犬”的就更等而下之，即便在地煞里，也排不到上游。

梁山前五名头领的绰号分别代表义、绅、智、神、圣。第一名宋江代表“义”，“呼保义”“及时雨”这两个绰号都含有重义气的意思——这是宋江能够统驭梁山的关键。第二名卢俊义的绰号为“玉麒麟”，这是说他出身富贵，且不是柴进那样的贵族，而是绅士。第三名吴用的绰号为“智多星”，突出一个“智”字。第四名公孙胜的绰号“入云龙”代表“神”，暗示着梁山三十六天罡、七十二地煞的聚义是顺应天意。第五名关胜的绰号“大刀”代表“圣”。他所使的这把青龙偃月刀是祖先关羽传下来的，而关羽是传统社会中地位崇高的武圣人，江湖上重视关羽，亦如朝廷之重视孔、孟。

不管怎样，义、绅、智、神、圣都代表着统治阶层。此外，天罡、地煞也有高下之分。什么人可以排进天罡，什么人只能列入地煞，也许可以用《周礼》中的“八议”来解释，这“八议”分别是议亲、议故、议贤、议贵、议能、议功、议宾、议勤。

议亲，就是按与当权者的血缘关系远近论先后。王伦、晁盖、宋江三任领袖中，只有宋江有一个弟弟宋清上了山，却排在了地煞。而梁山的其他三位“常委”卢俊义、吴用、公孙胜都没有血亲在山。所以“议亲”这一条是不成立的。

议故，就是按与当权者的人际关系亲疏论先后。朱仝、雷横先后救助过宋江、晁盖，所以列在天罡。宋江做了寨主后，他的故旧花荣、他第一个收降的猛将秦明以及他在江州时的三个保护人戴宗、李逵、张顺都列在天罡里面。《水浒传》有一个排名逻辑，弟弟的排名不能超过哥哥，妻子的排名不能超过丈夫，于是托张顺之福，张横也列入天罡。燕青则因与卢俊义的特殊关系，得以列在天罡之末。

议贤，就是根据江湖上的名望排位；议贵，就是根据上山前的社会身份排位。比如柴进既是后周世宗柴荣之后，有着贵族出身，又有“小旋风”的江湖声名，自然应该在天罡之列。

议能，就是根据真实本领排位。索超先后与杨志、秦明打成平手，凭着过硬的武艺跻身天罡之列。

议功，就是根据对山寨的贡献大小排位。梁山最初有几位元老，王伦死了不计，余下的朱贵、杜迁、宋万虽然同为开山鼻祖，但没有特别的功劳，所以后来都入了地煞的行列。智取生辰纲的吴用、公孙胜、阮氏三雄和刘唐追随晁盖，是真正意义上的开山者，所以都在天罡之列。白胜因为一度出卖七人而入地煞。

议宾，就是根据山头平均分配。史进代表少华山进入天罡，朱武、陈达、杨春就入地煞；穆弘代表揭阳镇入天罡，穆春便入地煞；李俊代表揭阳岭的头目入天罡，李立、童威、童猛便入地煞。二龙山、桃花山、白虎山虽然并列，但鲁智深、武松、杨志都有自己的故事，自然是天罡；他们故事中的配角如李忠、周通、孔明、孔亮、施恩、张青、孙二娘、曹正，哪怕做过大寨主，也只好入地煞。花荣是宋江的故旧，武艺又高，对宋江又忠心，所以清风寨取代了清风山的地位，原来清风山的寨主王英等人只好进入地煞。呼延灼、董平、张清都是讨伐过梁山的降将，都入天罡，他们的部将下则入地煞。徐宁是被请来制衡呼延灼的人，理应和呼延灼不相上下，不过他是挈家来投，不如呼延灼的率军队来降，所以排在了呼延灼的后面。

议勤，就是根据辛劳排位。对山寨来说，最重要的事是军事扩张，在石碣发现之前，梁山的集体军事行动只有三打祝家庄和夜夺曾头市。祝家庄之役共分为三个阶段：一、战略防御阶段。引发祝家庄之役的“翠屏山事件”，这一事件中的主导人物是石秀，而后进入祝家庄找老人指路的也是石秀，石秀自然应入天罡。而按照《水浒》排座次的通常逻辑，他的义兄杨雄排名不会低于他。二、战略反攻阶段。梁山泊与李家庄结成了同盟，李应的入伙又为梁山提供了财源。李应自然有资格进入天罡星，而他的管家杜兴则进入地煞。三、战略决战阶段。这一阶段中，起关键作用的是孙立，但孙立背叛自己的师兄栾廷玉，名节有亏，所以失去了进入天罡的资格。受他的牵连，弟弟孙新、弟妇顾大嫂也只能排入地煞，并且排名更靠后。登州系人物中，解珍、解宝能够捕虎，总比邹渊、邹润、乐和三人有本事，所以代替孙立进入天罡。在祝家庄事件中，时迁只是以一个小偷的形象出现，而且是“把梁山泊好汉的名目去偷鸡吃”，加上一直被囚禁在祝家庄，最后才得救上了梁山，所以并没有做什么贡献。

值得一议的是曾头市之役，在一开始的情报收集过程中，时迁立下了很大的功劳，后又与李逵、樊瑞等人一道，借讲和之名行里应外合之实。“时迁爬去法华寺钟楼上撞起钟来，声响为号，东西两门，火炮齐响”，动摇对方军心，可算立了头功。但最后，所有的功劳都被记在了卢俊义的头上，这是为了突出卢俊义的形象，使他坐第二把交椅更能服众，只好委屈了名声不美的时迁。孟子云：“劳心者治人，劳力者治于人。”纵使时迁为梁山屡立奇功，也不可能得到公平的论功行赏。这就是梁山不可能存在真正的公平，也不可能存在真正的兄弟之谊。

外 篇

《水浒》故事论

致语二

有人问我："你的公开课为什么选择讲《水浒传》？"我回答："去年讲《呐喊》没人听，这年头大家不爱鲁迅。"说到这，有的朋友发出这样的感慨："是啊，跟鲁迅相比，大家都更爱《水浒》《三国》。"

然而大家为什么普遍喜爱《水浒》和《三国》呢？我认为，最主要的原因，是这两部书所具有的丰富性和层次感。书里人物多，事件多，矛盾冲突激烈，情节大起大落，对人物个性与命运的描写淋漓尽致。生活里的很多事情都能在书里面找到影子，所以人们在读书的时候往往会生出代入感。虽然《金瓶梅》《红楼梦》的层次更为繁复，但我们普通读者难以代入滥情的西门庆或者"情不情"的贾宝玉的角色，而我们在读《水浒》时，却很容易设想自己是宋江、鲁智深，再不然，患得患失的林冲也很容易使我们想到生活中的自己。

《水浒传》体现着中国人性格气质与道德观念的多元。

听过很多朋友感慨时下道德失范，当代人只知道争名夺利，古人的道德境界是我们无法企及的。平心而论，这可能是因为我们把古人想象得太过美好了。其实"人心不古"是个老词，孔子就曾经发出这样的感慨："不有祝鮀之佞，而有宋朝之美，难乎免于今之世矣。”又拿古代的民风和当时的民风做对比，说：“古者民有三疾，今也或是之亡也。古之狂也肆，今之狂也荡；古之矜也廉，今之矜也忿戾；古之愚也直，今之愚也诈而已矣。”可见古人也会因为对自己身处的时代不满，而把感情寄托在更古的古人身上，想象曾经存在过一个美好的过去。

我这部关于《水浒》的小书，最开始只有人物评述，但行文至此，又自然而然地开启了一个新的篇章，那就是对《水浒》的时代、社会，《水浒》故事的来龙去脉，以及《水浒》的成书经过和相关疑点的追索和探讨，是为外篇。因为人是社会的动物，社会为人提供了广阔的活动舞台，只有将目光投向这个舞台，才能看清人的整体面貌与由人组成的世相百态。

本书从《水浒》出发，再回到《水浒》，中间经过对金圣叹、李卓吾那些充满个性的批语的品味，经过对《论语》《庄子》《宋史》等经史原典的参读，经过与《水浒后传》、水浒戏、《金瓶梅》和其他小说的比较……世界是立体的、多元的，《水浒》的世界也是如此。

《水浒》的世界就像逐渐从我们视野中淡化消失的一带远山，但只要我们愿意，这个世界依然能够在我们眼中鲜明清晰起来——因为山不向我们走来，我们便向他走去。

元年，春，王正月

四大名著的开篇有个相似之处：先从神话写起，再写时代朝廷时政，最后才引出正文。《三国志演义》先写白蛇入殿，再写董卓乱政，然后才引出刘、关、张结义；《西游记》先写灵猴出世、大闹天宫，再写唐太宗魂游地府，然后才是师徒四人西天取经；《红楼梦》先写女娲补天、神瑛侍者与绛珠仙草的缘分，再写贾雨村判葫芦案，然后才写到林黛玉进贾府；《水浒传》是从洪太尉误走妖魔写起的，再写高俅发迹，然后才由史进引出其余一百零七人。

《红楼梦》是曹雪芹独创的小说，他的设计自然另当别论。其余三部皆是从宋元话本发展而来，它们的设计在一定程度上保留了宋元话本的风貌。例如那时说书人说三分总要先讲韩信、彭越、英布的转世，讲包公、狄青就先说他们是文曲星和武曲星临凡，讲武王伐纣就先讲商纣王女娲宫进香和狐狸幻化妲己的离奇故事。

如此设计自然与中国的讲史传统有关，最早的例子可以追溯到《春秋》。《春秋》第一句："元年，春，王正月。"《公羊传》解释说："曷为先言王而后言正月？王正月也。何言乎王正月？大一统也。"董仲舒进一步解释说："春者，天之所为也；正者，王之所为也。其意曰，上承天之所为，而下以正其所为，正王道之端云尔。”也就是说“春”是天时，“正月”是王道，王道是应该遵行天时的。天时体现神的意志，王道则建立在人伦之上。司马迁则给出了更加具象的解释：“人穷则反本，故劳苦倦极，未尝不呼天也；疾痛惨怛，未尝不呼父母也。”从这个解释也可以看出，天人合一论深契中国人的文化心理。诸葛亮对刘备说，曹操打败袁绍“非惟天时，抑亦人谋也”。中国人讲“尽人事，听天命”，在不如意时往往“怨天尤人”。“天人论”已经被中国人内化为一种文化传统，小说的创作者自然也无法超越这一窠臼。

相比之下，话本和小说里的“天人合一”更有一点宿命论的意味。因为听众或读者在听书或看书的时候，都会将自身的情感寄托在话本或小说上，因此更希望看到“善恶到头终有报”。但无论是《三国》《水浒》还是《说岳》都是历史题材，并且都是以悲剧收场，不符合民众的情感期待，因此作者只能将这些悲剧归因于宿命。如秦桧诛杀岳飞，是因为他的前世王八被岳飞的前世大鹏鸟吃掉了；诸葛亮北伐失败是因为禳星不成功，这当然也是宿命；《水浒传》中的梁山聚义只是一百零八魔星在人间游历一遭，当然不可能真正改变历史的进程。基于这个缘故，我们绝不能将《水浒传》中的神话当成宋江伪造天命的产物。传统话本对悲剧所作宿命论的解释，我们可以不接受，但绝不能因此误读主题。

中国的平话和小说总是以悲剧英雄为主角，并不是因为中国缺少功成名就的英雄：班超横扫西域，窦宪平定匈奴，苏定方挫败突厥，王玄策扬威天竺，都是成功的典范。但这些题材都不受小说家和受众的青睐，反而是杨家将、狄青、岳飞等以悲剧收场的英雄被再三演绎。这说到底是一种“英雄尚且如此，我辈又能如何”的悲剧观念的文学投射。因为人们的生活中难免会有一些不如意和挫折，但善良的中国民众并不倾向于将这些不如意归因于时代，反而常常归因于自己。英雄的能力远远超出于常人，却也一样有很多无奈，这就是英雄悲剧能够得到社会共鸣的根本原因。当英雄都开始接受不公的时候，民众便自然可以将悲剧归因于自己所处的时代。所以人们常常发出这样的感慨：“美人自古如名将，不许人间见白头。”“英雄末路断头颅。”但将悲剧归因于时代并不等于公然批评时代，而讲史文学实际上有帮助民众发泄不满情绪的作用。

这里就有了一个矛盾：一方面中国人通过不断演绎悲剧英雄的故事来缓解自身对社会和生活的不满，另一方面又因为自身的情感需要，不允许文学作品真正以悲剧结局。所以中国人在创作悲剧的时候，一定会用天道轮回的观念进行解释。例如《窦娥冤》中的窦娥虽然惨死，但最后一定有窦娥鬼魂伸冤，窦天章惩处张驴儿父子这样大快人心的结局。

相对而言，西方的悲剧就比较纯粹，例如莎士比亚写《哈姆雷特》，便没有将悲剧归因于社会与时代，而是更多地归因于人的性格——西方人相信“性格即命运”。但中国古代作家就很少将人物的命运和性格联系在一起。《水浒传》中的英雄都有着豪放、粗犷、讲义气的性格特征，尽管正如前文所分析，史进之于鲁智深，石秀之于武松，都有着性格差异，但这些都是同一类型性格下的微小差别，所以《水浒传》里绝不会出现哈姆雷特那样的英雄。

林冲与陆谦

——办公室里的友情

林冲与陆谦的关系，用林冲的话讲，是“自幼相交”“如兄似弟”，很多改编者根据这两句话演绎出林冲和陆谦的友情故事来，这未免是把书读浅了。

职场上的人际关系绝不是朋友或敌人那么简单。此处所谓“自幼相交”不宜理解为他们从几岁或十几岁时就相识了，大概是指他们同一时期进入官场。古代官僚系统把这种关系称为“同年”。所谓同年之谊，就好比今天的企事业单位中，同一批次入职者往往有着更亲近的关系。因为这些人面临同样的困境，在同一环境中汲取养分和成长，彼此可以成为映照得失与悲欢的镜子。

但正因为两人共同起步，共同成长，到了一定的关口，便很容易形成竞争关系。职场人都会面临这样的问题：越往上走，机会越少，原本并肩作战的伙伴会变成零和博弈的对手。双方的资历、能力愈接近，竞争便愈胶着，以致双方不得不互相防范，互相警惕。可是惯搞政治的人又很清楚，政治绝非一味斗争，也离不开联合和妥协，于是共同成长的情感基础也会成为政治同盟的根基。而随着双方进一步成长，彼此之间的政治互信就更有必要。所以双方必须在一起喝酒并抱怨领导——喝酒是为了从工作关系切换到生活关系，抱怨领导等于彼此交换政治把柄，默认对方可以随时告密，一如春秋战国时期的诸侯交换质子，虽然双方也都知道，这些话在政治上并不能真正造成致命影响。因为领导们也都知道下属对自己有哪些不满，所以只要不是致命威胁，明智的领导一般都不会计较。

所以，林冲在陆谦面前说："男子汉空有一身本事，不遇明主，屈沉在小人之下，受这般腌臜的气。"在鲁智深面前却对自己事业方面的不顺心不置一词。这并不是像某些批评家所说的，"在他眼里，陆虞候比鲁智深更可以说心里话"，而是因为，林冲与陆谦在一起的时候，必须讲究政治默契；而在鲁智深面前，他宁愿不触及这些令自己不快的话题。也可以这样说，林冲与陆谦喝酒为的是建立政治互信，与鲁智深喝酒为的是逃避政治现实。

至于林、陆之间曾经的"如兄如弟"，也不过是林冲为自己找出来的一个道德依据。他和陆谦吃酒时相互称"兄"，陆谦称他为"教头"，都只是一般同事间的称呼。陆谦临死之前自称"小人"，更可见二人是"塑料兄弟"。潘巧云临死时尚且称石秀为"叔叔"，乞求石秀施予怜悯；假如林、陆二人真的曾经有过如兄似弟的关系，陆谦完全可以打感情牌，求林冲放过自己，无论是否真的有用——但陆谦对这招连想都没想，直接自称"小人"讨饶，这足以证明双方的关系并没有那么亲近。

事实上，真正的友情不可能在一直共事且存在竞争关系的两人间产生。同事之间如果有真实感情，那也一定存在于上下级或前后辈之间。一方面，后辈需要前辈的提携，前辈需要后辈作为自己的膀臂；另一方面，双方因为实力和资历相距较大，所以不会成为竞争对手，比较容易在需要和被需要中产生默契。相较于陆谦，林冲与“徒弟”曹正关系更亲密，道理便在于此。

林冲在高衙内调戏林娘子的事件中，之所以对陆谦那么愤怒，是因为他不敢得罪高俅父子，只得迁怒于他人。陆谦是受命于高俅的，可林冲不敢深究，只能在道德层面上不断坐实陆谦的罪恶，以证成自己迁怒于陆谦的正当性。所以他连续三天持刀在陆谦家门外游荡，潜意识里就是要说服自己与娘子，这次逼奸案件之发生，主要是因为陆谦的卖友求荣，而不是高衙内的欺男霸女。我们甚至可以说，林冲愤怒的外表与他装满政治得失的内心是分离的，他不过是在他那可怜的、深爱着他的娘子面前做了整整三天的戏。所以当鲁智深找他吃酒的时候，这场拙劣的表演终于找到了收场的机会——“自此每日与智深上街吃酒，把这件事都放慢了”。

陆谦临死时向林冲求饶，说：“不干小人事，太尉差遣，不敢不来。”林冲骂道：“奸贼！我与你自幼相交，今日倒来害我！怎不干你事？且吃我一刀！”即便到了这个时候，林冲仍然在使用道德压迫，以强化自己杀死陆谦的合理性。其实聪明人至此已经读出，两人的实际关系绝不可能是自幼相交的朋友。所以田连元在讲这段书的时候将林冲改写为陆谦的举荐人，这样两人就从所谓的朋友关系还原成了工作关系，这是巧妙的。但田先生仍然增加了陆谦在白虎堂一节中的戏份，特意为林冲补足了杀陆谦而放高俅的道德借口。

后来高俅被梁山俘获，林冲与杨志一道怒视高俅，这充其量是因为，梁山上人对林冲的经历有所了解，都认为他应该有此反应，所以林冲不得不做出这种姿态，以满足他人的预期而已，他绝不会为了给娘子报仇而误了梁山的招安大计。逼死自己娘子的仇恨尚且不在乎，友情之类对他来说当然更不重要了。林冲杀了陆谦，便与虚假的友情做了告别，剩下的只有绝情与颟顸。

杨志：生辰纲事件中的可怜人

生辰纲事件之发生，看似偶然，实则必然，用四句话来概括：梁中书不得不送，生辰纲不得不丢，杨志不得不打，晁盖不得不劫。

关于生辰纲之不得不丢，已经有人做过很详尽的论述。吴闲云《黑水浒》说，从晁盖花光生辰纲财宝的速度，和白胜作为劫夺生辰纲的关键人物所分得的银两数目推算，生辰纲所谓的价值十万贯十分可疑。吴氏甚至怀疑生辰纲只有最上面一层是金银财宝，下面只是些石块而已。正因为如此，生辰纲绝不能真地送到蔡京府中，不得不在路上“弄丢”。这个推理我基本上认同。

“生辰纲”一词可以分为“生辰”和“纲”这两个层面来理解。“生辰”就是生日，古代官员在过三节两寿（元日、端午、中秋、官员生日、官员太太的生日）的时候，他的下属或者有求于他的商人总会想方法送上一份贺礼。这是官场上的不成文规矩，严格来说不合法，吴思先生把它称作“潜规则”。“纲”指大批货物的运输队，通常走水路，需要动用官方力量押运，这就一定得是公开的。虽然这批生辰纲走的是陆路，但明目张胆地收受如此巨额的寿礼，且运送一趟如此兴师动众，也可见蔡京的权势之大和目无王法的程度。

生辰纲自然不止梁中书一家在送，但梁中书必须送得最多。论亲疏，梁中书是蔡京的女婿；论恩情，梁中书是蔡京一手提拔的。但他如果每年都送价值十万贯的生辰纲，再加上其他年节贺礼，也是很难负担得起的。

梁中书与蔡夫人的关系也不同于正常夫妻：一方面，有不少官员绕开梁中书直接走他夫人的门路，所以蔡夫人才能在一年之中独立积攒出足以分给阖府家眷的一担礼物。另一方面，蔡夫人时时以梁中书恩人之女的身份自居，在蔡京生日的四十天前就直白地提醒梁中书必须送礼，并且居高临下地对他说："相公自从出身，今日为一统帅，掌握国家重任，这功名富贵从何而来？"显然缺乏夫妻间应有的尊重。后来宋江攻打大名府，梁中书就抛弃妻子，只顾自己逃命，也可见他们两人间没有多少真实感情。

何况十万贯并非小数目，宋时两贯钱折合一两银子，十万贯就等于五万两银子，梁中书虽然贪墨，也未必承受得起如此巨大的开支，弄虚作假是非常有可能的。蔡京自然不是第一次过生日，梁中书也不是第一次送生辰纲，但他仍然提议"着落大名府差十辆太平车子，帐前十个厢禁军，监押着车，每辆上各插一把黄旗，上写着'献贺太师生辰纲'，每辆车子再使个军健跟着"，如此招摇，显然有意丢掉生辰纲。但他想到杨志是个精细人，未必能让他称心如意，故而又提出让老都管和两个虞候同去，实际上是牵制杨志，不给他生杀予夺、便宜行事的大权，故意与他为难。

因此杨志不得不杀鸡儆猴，用鞭打厢禁军的方式，在老都管和两个虞候面前立威。这些厢禁军纪律涣散，杨志苦口婆心地跟他们讲不能在早凉时分出发的理由，他们却全然不理会。一些评论家指责杨志只会一味打骂，而不懂得跟厢禁军们交心，这是不懂政治的糊涂话。因为杨志得到过梁中书的口头承诺："我有心要抬举你，这献生辰纲的札子内另修一封书在中间，太师跟前重重保你，受道敕命回来。"所以他对这次押运是郑重其事，用上全力的。而这些厢禁军，用他们自己的话来说："我们不幸做了军健，情知道被差出来。"押送生辰纲对他们而言，只是单纯的苦力活。利益不一致导致了杨志与他们根本不可能"交心"。如果杨志像宋江一样舍得银子，或许还能收买到人心，但不幸的是杨志早已"把许多东西都使尽了"，沦落到卖刀的地步——是个一无所有的人。韩非说，权力无非是赏罚二柄。杨志既不能赏，便只有靠罚来立威。

梁中书的安排使得杨志押送的生辰纲必然会丢，而晁盖等人也必然会在黄泥冈上动手。因为虽然各家都在送生辰纲，但梁中书的生辰纲显然是最丰厚的，且又有过一次被劫的先例，自然会使各路江湖人士生出觊觎之心。所以刘唐和公孙胜盯上了同一份生辰纲，可以说是偶然中的必然。

至于选择在黄泥冈动手，同样是吴用等人深思熟虑的结果。一些批评家指责晁盖，认为他在家门口动手不明智，是只知其一，不知其二。杨志一一细数过押送生辰纲所要经过的危险地点：紫金山、二龙山、桃花山、伞盖山、黄泥冈、白沙坞、野云渡、赤松林。值得注意的是，黄泥冈之前的地点都带有“山”字，在山中动手只能强取，而这次押运生辰纲的杨志武功高超，在江湖上有着“青面兽”的名号，要从他手里硬夺，很难成功。各山头慑于杨志的威名，都不敢贸然动手，这就是杨志在到达黄泥冈前没碰到强人的原因。

黄泥冈是这一路第一个适合“智取生辰纲”的地方，所以刘唐和公孙胜再次不约而同来到黄泥冈附近，找到当地最有影响力的人物——托塔天王晁盖。而晁盖也只能在黄泥冈动手，因为其他区域各有山头，如果晁盖在别人的地盘上动手，很难不惹来其他山头的觊觎。换句话说，在适合夺生辰纲的几个地点中，只有黄泥冈位于晁盖的势力范围之内，所以这是他唯一的选择。也正是出于同样的原因，他只能找附近石碣村的渔民阮氏三雄作为帮手。如果说“智取生辰纲”中吴用有什么失策，那就是他没能为晁盖等七人找好退路。

所以这次的生辰纲，梁中书必丢，晁盖必夺，只可怜了杨志在一场必输的游戏中赌上了自己的前途，甚至险些为之付出生命的代价。最怕的不是天捉弄人，而是人捉弄人，只有人捉弄人，才真的会让人无路可走。

梁山的囚徒

《水浒传》与《三国志演义》这两部书都是从话本发展而来的，但相对而言，《水浒传》的文人参与程度更高，很能说明问题的一点是，《水浒传》很少把人物写丢。《三国志演义》中，徐庶和貂蝉都是推动情节发展的重要角色，但在完成关键场次后便不再被提起，《水浒传》虽然对一些人物结局的处理也非常草率，但几乎每一个主要人物都交代了归宿。例如铁棒栾廷玉是死在乱军之中的，宋江说道："只可惜杀了栾廷玉那个好汉。"就补出了他的结局。

但也有例外，济州府团练使黄安的结局似乎就被作者遗漏了，今百回本、一百二十回本《水浒传》都没有交代黄安的下场，唯有金圣叹腰斩的七十回本中，在破无为军以后，宋江问起："黄安那厮如今在那里？"晁盖道："那厮住不够两三个月，便病死了。"金圣叹侧批道："已隔数卷，至此忽问，可见此书一笔不漏。"颇使我们怀疑晁、宋的这段对话是金氏自己补写出来的。

黄安是第一个接受朝廷征召讨伐梁山的人，也是第一个败于梁山而被俘获的人。与后来的呼延灼、关胜们不同，黄安被俘时梁山之主是晁盖而不是宋江，所以他没有被劝降拉拢和留在梁山上充当头领。但晁盖等人又深知，黄安只是一员武将，为朝廷卖命是他的本分，并非梁山的死敌，因此只将他扣押下来而没有杀他。可是黄安遭囚禁后不久，宋江就上山了。宋江是一个惯于招降纳叛的人，自然会多此一问。问题是，倘若黄安还活着，宋江该不该力主招降他呢？假如宋江不“义释”他，似乎对不起自己“呼保义”的江湖名声；但假如真的释放了他，且像对待其他降将那样给他安排一把交椅，则显然冒犯了晁盖的颜面，不符合初到梁山时的宋江的行事逻辑。所以金圣叹安排黄安病死，实在是最合理的。

黄安的幽囚而死实是人生的大不幸，相形之下，另一位征讨梁山的黄姓将领黄信则幸运得多。黄信这个人说是秦明的徒弟，实际上各方面都与师父相差甚远。第一是武艺差。秦明能跟花荣对战，不分胜负，霹雳火威名让人闻风丧胆；而黄信根本无法对付燕顺、王英、郑天寿三人，更不敢和花荣正面交锋，只能在酒桌上偷袭。第二是敬业精神差。秦明始终敢于阵前交锋，即使敌强我弱也会拼死一战；黄信则“怕他三个拿了，坏了名声，只得一骑马，扑喇喇跑回旧路”。秦明身为统制，对下辖地区各个山头的情况一清二楚，花荣向他引见燕顺等人，秦明说：“这三位我自晓得。”而黄信作为直接管辖清风山的都监，与燕顺、王英、郑天寿交手之时，竟然不知对面是清风山的头领。第三是好出大言。他的绰号“镇三山”并非江湖上人对他的尊称，而是因为他“自夸要捉尽三山人马”而得来的，有名无实。但就是这样一个无能且自矜的人，竟然深受宋江倚重，被封为马军小彪将十六人之首，位置竟然高于孙立、单廷珪、魏定国等人。无他，黄信是第一个带本部兵马投靠宋江的人，也是第一个将本部兵马拉上梁山入伙的人。在这个意义上，或许我们可以说，梁山招降官军是从黄信开始的。

黄安与黄信命运的不同，绝不仅仅是因为宋江和晁盖二人对待官军的态度和政策不同，更是因为晁盖和宋江当时的处境、面临的问题有很大差别。

黄安是冲着晁盖来的，他的征讨梁山是智取生辰纲一事的余波。如果晁盖不能妥善处理这个问题，便很难在梁山上树立威信。因为火并王伦后，晁盖亟需巩固自己的地位，如果此时他选择与黄安和解，便等于在智取生辰纲的问题上采取媾和乃至投降的态度，对内残酷斗争，对外妥协退让，自然难以服众。

黄信则是冲着清风山来的，他并不认识燕顺等三位寨主，且将宋江错当成郓城虎张三，可见他并非针对宋江，只是单纯要捉清风山上的强人。宋江初来乍到，十分需要收买人心，他善待秦明、黄信实际是做出示范，只要有才华且能为他宋江所用，即便之前是仇人，也可以言归于好。

对于晁盖而言，俘虏黄安是他夺取梁山政权后，梁山集团的第一场重要的军事胜利。出于巩固自身地位的目的，晁盖必须赋予俘虏黄安事件以重大的政治意义，这就必须将黄安与其身后的官僚集团联系起来。梁山好汉大部分是流氓阶层出身，对当时的官僚体制都很不满，在晁盖的引导下，便不免将自己平日对宋朝政府的愤怒情绪发泄到黄安身上，甚至会要求施行“剥皮”“抽筋”“点天灯”之类的残忍惩罚。即使晁盖有心庇护，黄安在这种环境中也会惶惶不可终日，三个月之内抑郁而终，也是很合理的。

而对于宋江来说，他能成为清风山的首领是众人推举的，而不是自己一刀一枪打下来的。宋江和花荣的到来为清风山带来了新的发展思路，指明了新的发展方向，所以燕顺等人甘心被宋江、花荣领导。虽然清风山的那些喽啰们和官军有过多次交手记录，但更多的时候，双方保持着一种井水不犯河水的默契，他们之间的矛盾是可以化解的，不像智取生辰纲的群雄和官军有着你死我活的矛盾。何况，花荣就是清风寨的官军出身，山寨不可能全面排斥前官军中人入伙，否则就是对花荣地位和宋江路线的否定。

平心而论，晁盖羁押黄安所面临的困难远远大于宋江之收服黄信，羁押官军对于梁山来说是一个巨大考验。晁盖不会直接杀了黄安，因为他没有做好公开与朝廷作对的准备；但《水浒》作者又必须写出晁盖与宋江的路线区别，否则便无法突出《水浒》的第一主人公宋江——金氏要突出的自然是宋江的狡诈。假如黄安活到宋江上山以后，宋江与晁盖很可能提前产生路线冲突，这不利于故事的开展。

所以黄安这个人，放不得，也杀不得，只能让他自生自灭。黄安不是被晁盖遗忘的，而是被《水浒》作者故意忽略的；黄安的死不是晁盖决定的，而是金圣叹刻意安排的。只有黄安被忘记，乃至死去，才能替作者避开创作中的难题，替晁盖、宋江这两大主角化解一场尴尬。

潘金莲道德的沦丧之路

潘金莲从一个敢于抗拒清河县大户的贞洁烈女变成一个谋杀亲夫，与西门庆日夜宣淫的“荡妇”，其间的曲折过程被《水浒》作者处理得十分真实可信。其中一个关键转折是潘金莲对武松告白之后，武松对她的道德羞辱：“武二是个顶天立地、噙齿戴发男子汉，不是那等败坏风俗、没人伦的猪狗！嫂嫂休要这般不识廉耻！倘有些风吹草动，武二眼里认得是嫂嫂，拳头却不认得是嫂嫂！”既有辱骂又有威胁。而且武松在离开阳谷县前嘱咐武大：“假如你每日卖十扇笼炊饼，你从明日为始，只做五扇笼出去卖。每日迟出早归，不要和人吃酒。归到家里，便下了帘子，早闭上门，省了多少是非口舌。”更是起了适得其反的效果。

对于武大而言，武松的这些话是无的放矢。因为在武松来到阳谷县前，武大的日子也一直是这样过的，一样是每天卖十笼炊饼；而“打虎英雄”武松来到阳谷县后，他跟着沾光，生意越做越好，日子也越过越安全。而且武松在阳谷县做都头的时候并没有得罪什么人，即使离开阳谷县，武大也不会因此被人欺负。但潘金莲无疑听懂了这番话，武松将她视为招蜂引蝶、人尽可夫之人。如果真是这样，潘金莲当年就顺从大户的意志了，至少衣食无忧，绝不会沦落到嫁给武大郎。而武松的这一番话是对她人生的全盘否定，将她打入了道德的地狱。如果武大真按照武松说的做，潘金莲就再也免不了被人家说三道四，从前的贞洁也会因为丈夫的监视和邻里间的流言而付诸流水。本该听懂这番话的武大始终处于懵懂的状态，而本该被安抚的潘金莲则被这番话剥夺了尊严，摧毁了心理防线，这是武松最大的失误。

潘金莲在武松面前发誓："我是一个不戴头巾男子汉、叮叮当当响的婆娘！拳头上立得人，胳膊上走得马，人面上行得人，不是那等搠不出的鳖老婆！自从嫁了武大，真个蝼蚁也不敢入屋里来。有甚么篱笆不牢，犬儿钻得入来？"她的愤怒是出于对道德崩塌的恐惧，证明这时的潘金莲还在努力地维护自己的道德名誉。而武松走后，武大果然听从嘱咐晚出早归，潘金莲每日在武大面前大闹，正是因为自己已经得不到武大的信任，名誉也在败坏的边缘。用晴雯的话讲，她是"担了虚名"了。但晴雯在敢于直面内心情感时，已经离死亡不远了；而潘金莲的身体和精力都远远比晴雯好，所以她选择放纵情感和欲望，无视社会伦常，破罐破摔。

事实上，潘金莲在和武氏兄弟相处的那段时间里，感情世界正经历着明显的撕裂，对武大有性无爱，对武二有爱无性。她在对武二表白之前尚承受着伦理道德的压力，在被武二训斥之后，便因爱生恨，没有了感情牵绊。

所以在与西门庆的偷情中，潘金莲表现得相当主动。她早就有应对清河县大户的经验，并不是无知少女，绝不会不知道王婆约她与西门庆一起吃饭是有意撮合，所以嘴里说着“干娘，免了”，却不动身，等着西门庆的到来。在被西门庆假借拾箸捏了脚以后，潘金莲主动问：“官人，休要罗唣！你真个要勾搭我？”得到西门庆的肯定回答以后，她又“把西门庆搂将起来”，十分泼辣大胆。

在与西门庆通奸后，潘金莲便视道德伦常为无物，反比西门庆更奔放无耻。武大郎来捉奸时，西门庆的第一反应是“钻入床底下躲去”，潘金莲则冷嘲热讽道：“闲常时只如鸟嘴卖弄杀好拳棒，急上场时便没些用，见个纸虎也吓一交！”既然潘金莲已经蔑弃公序良俗，西门庆也就更加无所顾忌了。

武大负伤后，潘金莲并无愧疚，也不在乎武大的伤势，而是“浓妆艳抹了出去，归来时便面颜红色”，这是公然向武氏兄弟挑衅，发泄自己的不满。如果这个时候的潘金莲真心准备和西门庆在一起，完全可以让西门庆逼迫武大写休书，以西门庆和县令的关系，即使武松回来，也不奈何不了他们。但她没有选择这条对自己最有利的道路，而是存心展开对武氏兄弟的疯狂报复。武大试图搬出武松压服潘金莲：“我的兄弟武二，你须得知他性格。倘或早晚归来，他肯干休？你若肯可怜我，早早服侍我好了，他归来时，我都不提！你若不看觑我时，待他归来，却和你们说话！”但这反而加速了他的死亡。

王婆和西门庆谋杀武大的计划十分残忍，但对于潘金莲来说，这是她告别旧生活的唯一途径。否则将来走漏风声，武松一定不会善罢甘休。所以，虽然在谋划杀害武大的过程中潘金莲不置一词，但她确实对王婆和西门庆为自己勾画的未来生活图景充满了向往，这是她最终走上犯罪道路的关键原因。

在杀害武大后，潘金莲没有丝毫的悔恨与恐惧，否则也不至于在武大灵前“干嚎了一夜”，不掺半分真情实感。而她与西门庆的日夜纵欲，表面上看是“贪淫”，实际上是得到解放后的狂欢。

武松从东京回来后公开拷问潘金莲，潘金莲最初抵赖，只是基于求生的本能，但当武松“提起刀来，望那妇人脸上便㨪两㨪”之后，潘金莲便从“那日放帘子因打着西门庆起，并做衣裳，入马通奸”一一详述。如果为了求生，潘金莲完全可以把罪责推到西门庆与王婆头上，自己摆脱干系。但她没有那样做，她只是照实说来，并且从打中西门庆的那根叉竿说起，因为那一竿子打破了她的旧生活，也标记着她道德、人性沦丧的开始，她对那一竿子有着刻骨铭心的记忆。

可以说，潘金莲至死都没有为谋杀武大而忏悔。因为如果武大不死，潘金莲活着也等于死了；潘金莲虽然最终死于武松之手，但在死前也过了几天有滋有味的活人日子。潘金莲是罪人，也是可怜人。那个把可怜人逼成罪人的时代，自然是可悲的时代。

宋江游记

《水浒》作者叙写宋江故事和叙写其他重要人物的故事，用了全然不同的方法。写其他人物的故事，着眼点在他们的命运；写宋江的故事，则追踪了他的全程游历；写其他人物，重点交代他们之所以上山落草的前因后果；写宋江，则一一展现他引领他人上山的经过。

单看宋江的故事，分明是一部游记，与《西游记》《北游记》以及后来的《乾隆下江南》《刘罗锅下江南》等有着诸多相似之处，也即用宋江的个人行踪，串连起江湖百态，引出林林总总的人物：这里有吃人心肝的清风山三雄，也有开黑店的揭阳岭李立；有不得志的武官花荣，也有爱贪赃的狱吏戴宗；有小康之家的孔氏兄弟，也有身世高贵的柴姓叔侄；有打家劫舍的吕方、郭盛，也有横行一方的穆弘、穆春……作者借宋江的游记大开读者的眼界，呈现出一个复杂凶险的江湖。假如作者像李汝珍写《镜花缘》那样，笔下游历者每到一处，就用上一回或几回的篇幅，详写当地的人情世故，这部游记就会卷帙浩繁；假如作者用高阳写徐老虎和白寡妇的方式，写同为私盐贩子的童威、童猛，那么光是宋江的经历与见闻，就足以撑起中国的《人间喜剧》。

宋江的游记以石勇寄书为界，可分为“北往”和“南来”两个部分。“北往”是到沧州，引出武松的故事。武松的故事自然可以另成一部奇书，和宋江的故事联系并不紧密。书中说：“二人出得店来，行到市镇梢头、三岔路口。”从后文的描述看，宋江所居的清风寨与武松落草的二龙山相距并不太远，但作者没有再写宋江与武松的交往，而是另写了一个清风山的故事，宁可旁生枝节写吕方、郭盛，也绝不肯再在武松身上花费笔墨。接着“北往”的故事结束，宋太公用假的死讯逼使宋江回家，稍后，宋江“南下”的故事开启——这是游记的标准写法。

值得注意的是，石勇寄书以后，押送宋江的两个都头，一个叫赵能，一个叫赵得，是兄弟俩。梁山上的人没有一个姓赵，不但如此，就连后来梁山结交的英雄人物也没有一个姓赵。赵是宋朝的国姓，姓雷、姓朱的都头或许还讲一些私情，姓赵的大概就只知王法，不知人情了。这个王法先逼迫着宋江逃到北方，再将宋江流配到江南。

从文本形成历史的角度分析，宋江的“北往”和“南来”有可能出于两种不同版本系统的《水浒》，两个版本系统的风貌也有其地域特征：宋江“北往”所收服的燕顺、王英、秦明、花荣、黄信都是骑兵头领，“南来”所结识的张横、张顺、李俊、童威、童猛是水军头领，戴宗、李立、薛永、侯健、李逵是步军头领。盖北方多平原，便于骑马驰骋；南方多水乡，需要水军和步兵配合作战。两种版本的宋江故事可能都是从坐楼杀惜写起，只是“北版”宋江是从清风山上的梁山；“南版”宋江是从江州上的梁山。今本《水浒》为了将两种版本缝合起来，增添了石勇寄书这一情节作为转折关键。江州牢营是宋江“南来”游历的终点，要让宋江最终顺利上山，必须另起波澜不可。

行书至第三十八回，宋江的故事已经用了十回的篇幅，必须赶紧收束，以便为其他好汉的故事腾出空间，所以宋江故事的节奏必须加快。要将宋江逼上梁山，必须有官府势力的介入，此时的典狱长官戴宗已与宋江一条心，作者既要平地生雷，当然只能搬出知府和通判。可是宋江又没有冒犯他们，要让他们出面，最简单的办法就是让宋江写反诗，惹出文字狱。宋江平素是不肯表达志向的，所以必须让他醉酒。题反诗是有可能引来杀身之祸的重罪，所以宋江听从戴宗的建议假装精神错乱，企图免于追究，这就躲不过黄文炳的盘查，所以宋江与黄文炳结下了深仇大恨，这就为智取无为军埋下了伏笔。作为梁山魁首，宋江的上山必须惊天动地，所以作者又设计了劫法场的场次，并安排了一个杀星李逵——宋江在江州的历险，是环环相扣、一丝不紊的。

写这样繁复的游记，需要作者有缜密的逻辑。金圣叹说：“天下莫易于说鬼，而莫难于说虎。无他，鬼无伦次，虎有性情也。”我们也可以仿照他的话说：“天下莫易于说神人，而莫难于说凡人”，“天下莫易于说侠义，而莫难于说世界”。正像金圣叹所赞美的那样，武松是“神人”。所谓神人，就是超群的人，这是符合武松“景阳冈打虎”等一系列壮举所留给世人的印象的。宋江却是按照常人的模式塑造的，所以写他的故事难度更大。

鲁智深、武松们的侠义信条都是“除暴安良”“有仇必报，有恩必复”，但宋江这一番游历，展现给读者的真正江湖，却是个弱肉强食的世界。宋江所结识的“好汉”中，除了花荣、薛永和李俊相对正派外，其余各色人等连“好人”都算不上。燕顺吃人的心肝，秦明忘恩负义，黄信自矜无能，吕方、郭盛是打家劫舍的强盗，李立随时开人的胸膛，张横是截江鬼，张顺是渔霸王，穆弘、穆春是为害一方的恶霸，戴宗是仗势欺人的赃官，李逵是杀人不眨眼的魔头，侯健是出卖故主的小人……但他们组成的，才是一个真实的世界。

有人拿《水浒传》和《西游记》做比较，认为宋江一路将“好汉”们引上梁山，与唐僧一路收下孙悟空等徒弟是同一故事模式，区别只在于一个以“忠义”为名，一个以“佛法”为名。这个观点不无道理。

从杂剧到小说

——李逵的形象演变

虽然李逵在大闹江州的时候就已经出场了，但下山接母才是他正传的起点。《水浒传》刻画其他主人公都重在写他们上山的原因，只有刻画李逵重在写他下山的经历。自《水浒传》问世以来，人们都觉得李逵生来就是要上梁山的，不必有什么缘故，所以他被称为“天杀星”，也就是天生的强盗。当年的“评《水浒》运动”把李逵称赞为最革命的梁山英雄，在某种意义上也是出于同样的原因。

从文本的形成历史看，元杂剧和之前的话本文学中也没有李逵上山的故事，却有很多李逵上了梁山以后发生的故事，《水浒传》不过是继承了这一特点。既然决心将李逵写成天生的强盗，作者就不可避免地突出他的残忍，但一味残忍未免使人生厌，所以作者又必须写出他的一些道德精神，使这个人物形象多一些层次感。《水浒传》表现李逵的道德与精神，是处处比着宋江落笔的：一是孝。宋江是“孝义黑三郎”，李逵对自己的母亲也非常孝顺。所谓“百善孝为先”，在那个时代，一个“孝”字是可以遮百丑的。雷横以“孝”的名义打死了白秀英，便遮掩了他横行霸道的事实，李逵的孝亦可作如是观。二是义。宋江的“义”前文已经分析得够多了。

李逵下山时听说李鬼家中有老母便斧下留情，更和李云、朱富都交上了朋友，这些都是他“义”字当头的表现。三是忠。李逵毕生只忠于宋江一个人，宋江让他死他就死，没有一句怨言。四是不近女色。宋江在阎婆惜身上“不打紧”，李逵则变本加厉，不但自己守着“童子之身”，而且时刻监督着宋江，不让他亲近女色。除此之外，李逵和宋江在相貌上也有些相似。李逵是黑鬼，宋江是“黑矮杀才”，都是以黑出名的人。

然而，相比于宋江的多谋，李逵更迷信暴力——作者把他的暴力倾向美化为“爽直”。实际上，宋江是用权术统驭人，李逵是用残忍威吓人，所以这两人是天生的好搭档。最终杀死李逵的只能是宋江，在楚州时，宋江设计让李逵饮下毒酒；而梁山排座次后，动过杀宋江念头的也只有李逵，他误信宋江强抢民女，不容分说便砍倒了忠义堂前的杏黄大旗。用《易经》的话语讲，宋江属“至阴”，李逵属“至阳”。“至阴”故能“厚德载物”，所以宋江能容众；“至阳”故而“亢龙有悔”，所以李逵很难与外物和睦相处。他们恰能形成互补关系。

作者写李逵下山接母，是为了告诉读者，李逵在生活中也有温情的一面，并不只是一个冷血残酷的魔头。而在刻画李逵的“孝”时，又特意拿他的亲生哥哥李达与他进行对比，这不禁使我们又产生了两点疑问：第一，李达是个本分人，给人家做长工，看见李逵便想报官，宁可自己替李逵受过，也不忍告诉母亲李逵已落草受通缉的事实，他的懦弱里带着传统道德意义上的善良。而李逵生性残忍，又毫无忠君爱国之心，与他忠厚的哥哥和单纯的老娘全然不同，他的性格与价值观是如何形成的呢？第二，李逵生活在一个贫苦的家庭，没有条件像史进或者孔明、孔亮兄弟那样延请好的教师，他的一身武艺从何而来，一双板斧又出自何处，都是书中没有说清楚的。田连元在说这段书时，加入了李逵父亲为财主卞金洞所害，李逵投师练斧，为父报仇，惹出命案而连累哥哥入狱的故事，这便将李逵的本末说清楚了，可依然无法解释李逵的残忍——所以我很怀疑，这段书不是出自传承，而是田连元先生的独创，且把李逵说得太干净了，反而没有什么说服力。

元杂剧中的李逵不过是个丑角，而《水浒传》的作者决心把他写成一个正剧人物，在一定程度上更改了元杂剧的设定，但仍然留下了很多原剧的痕迹。譬如李逵每次下山都要改扮，扮哑道童、乔坐衙等等，都是他来源于喜剧角色的体现。田连元的评书里有李逵装病，同燕青一道下山请常七爷的故事，在这里，李逵先剪胡子，后扮演程咬金，也是丑角意味十足。《水浒传》从安道全上山写到梁山泊排座次，用了六回的篇幅，田连元半回便讲完了；而燕青扑擎天柱，原书只有半回，田连元却演绎了十回之多。之所以存在这种显著差异，可能是因为说书人代代相传的底本与通行本《水浒》有着不同的来源。

在早期的梁山泊故事里，李逵和燕青是有对应关系的，一巧一拙，相得益彰。而且他们都是山下的故事多，山上的故事少。在元杂剧中，李逵每被称作“山儿”，“山儿”即山上人接触山下人时的自称，可见他的故事多发生在山下。而元杂剧《同乐院燕青博鱼》里，宋江给了燕青一个月假期，燕青四十天才返回，且稍后又因为眼疾而再次下山，可见他的故事也多发生在山下。这也可以解释，为什么受招安之后的故事中，鲁智深、武松等人几乎失声，唯独李逵和燕青被重点刻画——这是元杂剧内容在小说里的延续。

只是在《水浒传》的小说文本中，为了保持整体作品的严肃风格和侠义主调，李逵的“耍”便变成了“闹”，“有趣”的故事变成了“有意义”的故事。以李逵负荆请罪的故事为例，原剧本的刻画重点在李逵的莽撞与丑态，而《水浒传》中的相关回目则侧重于宋江的坦荡和亲民，因为宋江为了自己在民众心目中的形象而亲自下山正名，显然体现着“农民起义领袖”跟民众打成一片的风范。可在后来的“评《水浒》运动”中，宋江被打成了“投降派”，所以“李逵负荆”一出刻画的重心便又回到了李逵身上。经过这一系列的改造，李逵先从丑角变成了配角，又作为“坚定的革命派”变成了绝对的主角，这虽不符合《水浒》作者的本意，却很符合特殊时期的政治需要。

祝彪改制与祝家庄血案

在祝家庄与梁山的对决中，毫无疑问，梁山的军事实力和军纪问题——主要是对李逵的约束不力——是导致祝家庄血案发生的直接原因。但这个原因其实是外在的，假如祝家庄有足够的防御能力，这一切也未必会发生。

从当时双方的实力看，宋江下山只带了六千步兵、六百马军，而祝家庄、李家庄、扈家庄三庄联合，共有一两万“军马人家”。“军马人家”一词费解，按后文的说法，仅祝家庄就有一两万人家，则这里说的应该是三庄联合起来的军队规模——王安石变法时，地方设立保甲，抽调壮丁，农闲时练兵，农忙时务农，所以三庄如果有三四万人家，即十一二万人口，抽调出一两万人马应该不是难事。祝家庄是三庄中最大的一个，所以其军队规模并不逊色于梁山。何况梁山军队经过长途跋涉，又不熟悉祝家庄地形，完全不占天时地利，祝家庄即使失败，也不应该落到全庄覆没的凄惨下场。

祝家庄惨案之所以发生，首先是因为他们忽视了李家庄、扈家庄的护翼作用。祝家庄拿住时迁，李应看在管家杜兴的面子上找祝家庄求情，祝家三杰认为“贼人时迁已自招了”

是梁山泊贼寇，所以直接撕毁李应的书信并且向李应挑衅。这种处事方式实在不明智。即使祝家三杰铁了心不放时迁，也完全可以请李应共审，确定时迁是梁山贼寇，让李应无话可说。甚至可以一面邀请李应共审，一面派人通知县衙，利用官府力量迫使李应交出杨雄、石秀，并利用这一把柄逼迫李应就范，使李家庄彻底成为祝家庄的附庸。而祝家三杰不顾事实，将李应污蔑为梁山泊同党，威胁说“把你那李应也做梁山泊强寇解了去”，甚至与李应在阵前互骂，以致把李应推到了自己的对立面。

李应原本与杨雄、石秀毫无交情，但是此事成为了李、祝两家交恶的导火索，这就迫使李应与杨雄、石秀走到了一起。而杨雄、石秀本是梁山泊的拥趸，这就让李应与梁山建立起隐约的联系。所以，宋江在听完杨雄、石秀的汇报后，马上表示要“请李应上山入伙”。宋江、吴用、戴宗力劝晁盖不杀杨雄、石秀，都是因为看中了这个机会。他们深知，一旦杀掉杨雄、石秀，梁山和李应的唯一联系也就被切断了，这对拿下祝家庄是十分不利的。可惜的是，由于要解救时迁，梁山不得不立刻发兵。否则，等待李家庄、祝家庄的矛盾进一步激化，李应不是祝家庄的对手，无路可走之下，自然会被迫联合梁山，那时候梁山便可坐收渔人之利。而梁山的过早出动，反而给了李应以主动权，使他可以静观事态发展，在宋江打到祝家庄时刻意保持中立。

得罪李应是祝家三杰一意孤行的结果。当初李应与祝家三杰的父亲祝朝奉有生死之交，所以祝朝奉也决心给李应这个面子，交还时迁，只是祝家三杰早已架空了父亲的权力，根本不听祝朝奉的命令。而在三杰中真正能够发号施令的，是三子祝彪。杜兴见三杰时，祝彪对他先喝后骂；与李应对峙时，也是祝彪出面。相形之下，祝龙、祝虎更像是保卫祝彪的两员武将。而祝彪一旦主导祝家庄的政治，就开始抛弃父亲的“三庄同盟”政策，开始和官府密切往来。梁山攻打祝家庄时，他的第一反应不是联合李家庄和扈家庄，而是跟“本处捕盗巡检今夜约会要捉宋江”。正因为与官府来往密切，祝家庄才能以一庄之力拿到大量兵器，这无疑助长了祝彪的气焰。

所以祝彪不但不将李家庄和扈家庄的势力放在眼里，甚至可以不顾和两庄领导者的基本人情。如果说辱骂李应还是因为骄矜自大，那么在扈三娘被捉之后毫无反应，就简直可以说是没有人性了。扈三娘不但是他的未婚妻，而且是在保卫祝家庄的过程中被梁山捉去的，无论是从情、义、理，还是纯粹报恩的角度来说，祝彪都应该去救扈三娘，至少可以和梁山谈判——用被扈三娘捉住的王矮虎与梁山互换人质。但他却毫无表示，扈成只能亲自去梁山求情，吴用则以扈三娘的自由和安全为要挟，迫使扈成和梁山结成了新的同盟。

更要命的是，在得罪李家庄、扈家庄之外，祝彪居然对祝家庄采取军事化的管理模式。祝家庄的一两万军马并不是传统意义上的“乡兵”，而是佃户组成的武装，祝彪对他们是很苛刻的。祝彪发放的兵器上，“都编着字号”，不允许持有人私自使用。而且祝家庄剥削极重，宋江在攻打下祝家庄以后，给每家分一石粮食，差不多分出去一两万石之后，居然还剩下五十万石，相当于四五个县一年的税收总和。所以，宋江说平定祝家庄是“与你村中除害”并不完全是扯谎。

当然，从这个角度看，祝家庄要防备梁山“借粮”是很有道理的。祝家庄当然可以将梁山视为假想敌，但不应该草木皆兵。可是，不但祝彪本人呵斥李应，要将他按通敌论处，就连他手下的佃农，也学会了这一做派。时迁不过是偷了一只鸡，祝家店里的店小二就扬言要把他“做梁山泊贼寇解了去请赏”。祝家店本是江湖上各色人等经常到访的地方，那些江湖人物行动诡秘的太多，动辄以“做梁山泊贼寇解了去请赏”相威胁，除了得罪江湖豪杰、孤立祝家庄之外，没有任何意义。祝彪的狂妄、自大和政策上的失误将祝家庄带上了不归路。

誓书铁券与柴氏家族

柴进和殷天锡发生冲突的时候，拿出了誓书铁券，殷天锡大怒道："这厮正是胡说！便有誓书铁券，我也不怕！"作者本想用这个情节表现殷天锡的横行不法，顺带表现高俅的权势熏天，连有本朝皇帝庇护的人物也不放在眼里。但事实上，誓书铁券这件东西在当时并没有实际作用。誓书铁券起源于汉朝，本是刘邦分给功臣的符印。《汉书·高帝纪》说刘邦"又与功臣剖符作誓，丹书铁契，金匮石室，藏之宗庙"，拥有它的功臣大概是可以免于刑事惩罚的。魏晋以降，誓书铁券的意义仍在于庇护拥有者免于刑法，并不像小说中所说的那样，"有先朝丹书铁券在门，诸人不许欺侮"，更不存在"丹书铁券护家门"的说法。事实上，那些家里有誓书铁券的先朝贵族，也不可能和当朝权贵一较短长，反而会用心巴结正得势的权贵。因为拥有誓书铁券的人一般只是功臣后代，并不掌握什么实权，更不是当朝皇帝宠幸的人。

誓书铁券亦名丹书铁券，是皇帝同功臣之间的盟誓，对于宠臣来讲自然是余的。因为真正的宠臣，皇帝根本不会处以刑律，也就没有制定契约的必要。而功臣功高震主，免不了担心受皇帝的猜忌，所以皇帝才会把誓书铁券交到这些人的手里，承诺永不相负。然而，同天子订盟约本身就是非常危险的行为，只要天子有足够的力量剪除功臣势力，誓书铁券便形同虚设，这在历史上是有很多经验教训的。唐初的刘仁静、武周末年发动神龙政变帮助唐中宗复位的五王，无不有誓书铁券，但最后都在劫难逃。到了明朝，朱元璋干脆在颁发誓书铁券时做出规定，谋反之罪不受庇护，而他又经常以谋反的罪名处死大臣，甚至到了不顾事实的地步。比如在处置胡惟庸谋反案的时候，朱元璋把前丞相李善长也当作清洗对象，给他扣上谋反的罪名。解缙当时便提出质疑："使善长佐惟庸成，不过勋臣第一而已矣，太师国公封王而已矣，尚主纳妃而已矣，宁复有加于今日？"这个逻辑可谓无懈可击，李善长确实没有谋反动机。但朱元璋要杀一个人是不需要讲逻辑的，所以李善长还是被满门抄斩，直到南明时才获得平反。

功臣都是被皇帝猜忌的对象，必须小心行事。一方面要约束自己的家人乃至奴仆，避免落人口实；一方面要结交当朝的权贵，形成政治上的同盟，不断巩固自己的地位，避免突然被除掉。至于柴进的家族，自然更加敏感，因为他们是前朝皇帝的子孙。南朝刘宋以后，失位皇帝的子孙一般不得善终，后周柴氏的后裔受到一定程度的优待已属例外。

赵匡胤在建立宋朝之前深受后周世宗柴荣的器重，他为了证明自己是个知恩图报的人，给天下臣民树立一个道德榜样，不但没有屠杀柴氏子孙，还将逊帝柴宗训封为郑王，“以奉周祀，正朔服色，一如旧制”。但他也不过做做表面文章。一方面，柴宗训的两个弟弟柴宗让、柴宗诲下落不明。胡三省《资治通鉴注》说：“熙让、熙诲不知所终，盖讳之也。”就是委婉地告诉大家，他们已经死于非命了。另一方面，柴宗训死后，郑王之位空置八十六年之久，直到宋仁宗年间，柴氏宗亲中最为年长的柴咏才降袭了崇义公。至于广为流传的“柴氏子孙有罪不得加刑”之说，不过是叶梦得《避暑漫抄》中所言，本不可信。至于所谓潘美、卢琰收养柴宗让、柴宗诲，更是纯属小说家言。

现实中的柴氏家族成员即使不被处死，也会被置于地方政府的监管之下，必定是如履薄冰的。柴进公然宣称自己是“龙子龙孙”，“但有做下不是的人，停藏在家，无人敢搜”，与朝廷法制对抗，简直是自寻死路，根本不像一个见过世面的人的做派。所以《水浒传》塑造这个人物形象，显然依托于民间想象，是缺乏历史依据的。

事实上，《大宋宣和遗事》中的柴进只不过是十二个指使之一，姓柴可能是偶然，未必与后周宗室有什么关系。《宋江三十六人赞》称：“风有大小，黑恶则俱。一噫之微，香满太虚。”可见小旋风是黑旋风一类脾气暴躁的人物，并不是什么“仗义疏财，接纳四方豪杰”的贵介子弟。不过，作为一部英雄小说，《水浒传》宣传一种朴素的平等主义思想，故而特地安排富、贵、贫、贱、男、女、老、少一齐上梁山。正如“富”的代表是庄主李应和员外卢俊义，“贵”的代表自然非柴进和宣赞莫属了。宣赞还只是郡马，柴进更是被设定为后周皇帝的嫡亲子孙，自然贵重无比。

明清通俗小说中，出身高贵而能和江湖人士打成一片的角色所在多有。《水浒传》一百单八将中有柴进，《隋唐演义》贾家楼四十六友中有驸马柴绍。《封神演义》里的雷震子有王弟的身份，却与平民出身的其他将领平起平坐。《杨家将》里的八贤王身居高位，却时时为江湖上的事情劳心费力。英雄小说强调“忠义”二字，固然打破了不同出身的英雄之间的社会壁垒，使平民受众读起来更加意气昂扬，豪情纵横，却忽略了客观存在的社会因素所能给人带来的巨大影响。“义”字先行使得小说中的人物形象脱离现实，这也为后来的世情小说留下了很大的发展空间，中国的各体小说就是这样不断出新和成熟的。

史进对少华山的价值

《水浒传》开篇是史进结义少华山的故事。少华山寨主之一跳涧虎陈达打劫史家庄不利，被史进活捉。另两个寨主朱武和杨春用苦肉计打动史进，使他放了陈达。史进与他们三人正式结交。但当史进因“结交匪人”被官府追缉的时候，朱、杨、陈三人并没有诚恳地将他留在少华山，而是任由他去往陕西延安府。这当然可以用史进的一意孤行来解释，他说：“我是个清白好汉，如何肯把父母遗体来玷污了！你劝我落草，再也休提。”可是鲁提辖拳打镇关西后，史进已走投无路，少华山一伙仍然没有及时救助他，任由他结交妓女李睡兰，到赤松林打家劫舍。

史进再次出现，是在鲁智深上梁山后的介绍中：“智深有个相识，是李忠兄弟徒弟，唤叫九纹龙史进，见在华州华阴县少华山上，和那一个神机军师朱武，又有一个跳涧虎陈达、一个白花蛇杨春，四个在那里聚义。”武松向少华山的喽啰们询问:“这山上有史大官人么？”小喽啰们称史进为“史大王”，也可见他确实在少华山上落了草。

史进何时上的少华山，我们并不知晓，但可以想见少华山上的人对史进是没什么情义的，甚或将史进视为“外人”。

鲁智深问：“史大官人在那里，却如何不见他？”是因为他初见朱武等人，不知道他们与史进是何种关系，所以只得用“史大官人”相称，一旦弄清楚了众人身份，立刻改口为“史家兄弟”。可朱武在确认了鲁智深和武松的身份后，仍然称史进为“大官人”而非“兄弟”，可见他们平日的关系并不亲密。

在史进决定救助玉娇枝后，朱武等人既没有劝阻，也没有派兵协助，任由史进单打独斗。史进是少年心性，当然不虞有他；朱武等人久居少华山，对当地官府的了解和随机应变的能力都远远强于史进，一味作壁上观，实在使人怀疑他们对史进的真实态度。而且在史进入狱的一段时间里，朱武等人没有进行任何形式的援救，如果不是鲁智深及时出手，史进很有可能死在狱里。在鲁智深提出救助史进时，朱武等人也没有积极响应，而是力劝鲁智深喝酒，一方面是为了结交鲁智深，另一方面也是拖延营救时间。

平心而论，史进如果死在华州城，对于少华山而言是利大于弊的。如果史进活着，只能重新回到少华山。但是第一，朱武、陈达、杨春三人是同一派系，这个派系是无法真正接纳史进的，因为史进的出身决定了他的思维方式、行事风格和对山寨的管理思路是和他们三人格格不入的。三人只准备打家劫舍，而史进却打算行侠仗义，自然难以达成共识。第二，朱武三人武功不如史进，而且史进又是他们的救命恩人，无论出于弱肉强食的丛林法则，还是有恩必报的江湖规矩，只要史进上了少华山，就应该坐第一把交椅，这自然是久居少华山的朱武等人所不愿接受的。第三，史进个人英雄主义情结严重，根本不适合做山寨的领袖。因为掌管山寨靠的是江湖经验，而不是一腔热血。史进的冒进主义不但会牺牲自己，而且会累及山寨。

如果史进死于狱中，反而可以给山寨带来一些好处。首先，史进是因为行侠仗义而死的，周边民众对少华山的印象会大幅改观，少华山的江湖影响力也会得到提升。其次，少华山以后再骚扰官府，就会显得师出有名，因为他们是在为前寨主史进报仇。最后，他们再也不用面对史进这个与他们道不同的新寨主了，一桩难题就此解决。所以少华山一伙人对史进的安危并没有真正的关心，却将史进救助过的王义留在山上，无非因为他是史进“行侠仗义”的一个证明，还有利用价值。作者将玉娇枝的父亲命名为“王义”，也许有谐音“忘义”的意图，暗含着对少华山三人的讽刺。

少华山的这三个头目对史进原本就没什么情义，看重的只是史进的家财，只是因为三人中功夫最高的陈达被史进绑了，不得已使了一招苦肉计，竟然真的打动了史进。而当史进与他们一同杀败华阴县的官兵后，“史进带去的庄客都留在山寨，只自收拾了些散碎银两，打拴一个包里，余者多的尽数寄留在山寨”，算是少华山智取史进财货的成功。这与所谓“智取生辰纲”相比，高明程度真不可同日而语。而贺太守捉拿史进，少华山借刀杀人，相比于王伦逼迫林冲下山，高明程度亦不可同日而语。书中有赞说：“智可张良比，才将范蠡欺。军中人尽伏，朱武号神机。”绝非浪言。

得到宋江营救后，史进没有再回少华山，而是入伙了梁山。与此同时，朱武等人也意识到，他们只有带领全部人马投靠梁山，才能更好地保全自身的实力与地位，也唯有如此，才能在最大程度上利用史进的价值。

梁山好汉排排看

江湖上不存在真正的正邪对立，是敌是友通常系于因缘际会。梁山群雄的聚义，便充满了偶然性。那些被所谓“梁山好汉”结果了性命的“恶人”，假如有机会，未必不能摇身一变，加入梁山一伙，和交过手的“好汉”们称兄道弟。鲁提辖拳打了镇关西，但其实镇关西的行径和鲁达出家后结交的小霸王周通并没有二致。蒋门神和施恩的唯一区别只在于施恩提前结交了武松。张团练设计陷害武松，被灭了满门；同样的事情也发生在黄信和宋江之间，黄信却被梁山群体接纳了。梁山上的施恩、黄信、二穆之流，都不是什么善类，而宋江接纳他们，只不过是因为“江海不择细流，故能就其深”，要成就梁山的地位，就只能鱼龙混杂、泥沙俱下。

其实，非独宋江为是，柴进在沧州横海郡时号称“门招天下客”，但他所谓的“天下客”里既包括林冲、武松、宋江那样的好汉，也包括王伦、杜迁之流占山为王的头目，甚至陷害林冲的管营和差拨，也是柴进结交的“朋友”。假如这两个人不是被林冲杀了，而是被带上了梁山，也是两个“好汉”。他们的见钱眼开跟戴宗类似，拿钱杀人跟蔡福、蔡庆兄弟类似，可惜他们遇到的是苦大仇深的林冲，所以没有戴宗和蔡氏兄弟的好运气。柴进结交朋友并不论人的尊卑，他既认识沧州大尹，也认识管营和差拨。因为大官虽然有保护的能力，但小鬼也有小鬼的用处，譬如在林冲见到大尹，把书信拿出来之前，两个“小鬼”便能决定他的生死。柴进懂得这一层，所以“小旋风”才能成为江湖上的招牌。

对梁山来说，鱼龙混杂本是常态。正邪势同水火、江湖须维持道义的观念，在侠义小说中出现，是从《三侠五义》开始的。这一传统，被王度庐、郑证因等后来的作者发扬光大，金庸的武侠更是把“侠之大者，为国为民”的理念推向了巅峰，所以后者往往有“新武侠”之称。“新武侠”之所以“新”，是因为它当中的道德观念和江湖结构都经过作家的重塑，相形之下，我们在《水浒传》中所看到的江湖才更符合中国传统中真实的江湖样貌。我们固然不能用旧武侠的真实性否定新武侠的创新和想象，但也绝不能用新武侠的道德理念衡量旧武侠的价值。

在诨名方面，新武侠中的人物绰号往往更具有文学性，是作家刻意美化的结果；而《水浒传》中的诨名多用禽兽名和历史人物名，显得简陋粗鄙，后者才是历史的常态。明末起义军将领给自己取的诨名，也多是曹操、薛仁贵、黑旋风之类，和《水浒》时代是一脉相承的。这些江湖人物往往把一些古代英雄尊奉为精神图腾，而最为他们推崇的，是关羽、张飞、吕布和二郎神。

梁山上有三个“关羽”，分别是关胜、朱仝和鲁智深。

关羽是“圣”和“义”的代表。所谓“圣”，是指江湖上人将关羽奉为神明，供奉他英武的神像。梁山人物中与关羽在相貌上最相似的是关胜和朱仝。关胜是关帝的后裔，也使用一口青龙偃月刀，在梁山的地位之高，自然是不必说了。朱仝身长八尺有余，有一部虎须髯，所以得了个与关羽一样的绰号“美髯公”。

“义”字是关羽受崇拜的最主要原因。凡是走江湖的人，都要学刘、关、张的桃园结义，而关羽的挂印封金、千里走单骑更是其重然诺、讲义气的集中体现。在梁山上，如果说关胜继承了关羽的“圣”，朱仝便继承了关羽的“义”。他私放晁盖、宋江，为了让雷横逃出生天，自己不惜受了二十脊杖，刺配沧州牢城。

鲁智深在做提辖的时候拳打镇关西，在做和尚的时候千里护送林冲，火烧瓦罐寺，一个“义”当仁不让。与此同时，他还与关羽比较过兵器。鲁智深下山之际要打一条一百斤重的禅杖，待诏笑道：“重了，师父。小人打怕不打了，只恐师父如何使得动？便是关王刀，也只有八十一斤。”鲁智深焦躁道：“俺便不及关王！他也只是个人！”这一逻辑，简直如同李贽所说的“耕稼陶渔之人既无不可取，则千圣万贤之善，独不可取乎？又何必专学孔子而后为正脉也”。难怪托名李卓吾的批语称鲁智深为“仁人、智人、勇人、圣人、神人、菩萨、罗汉、佛”。

鲁智深并非不敬重关羽，他只是不敬重作为偶像的关羽。正如鲁智深并非不敬重佛法，却敢于责骂那门口的金刚不替他敲门，对着金刚举起拳头，这种怀疑与反抗的精神是三国故事里的关羽所不具备的。同时，鲁智深也是个有性情的人。关羽重视然诺，自然不说谎话。但鲁智深为了喝酒冒充游方和尚，为了救助桃花庄里的刘小姐，骗刘老汉说自己要给周通“说因缘”。说了谎话却不可恨，反而可爱，这就是他有性情的体现。而他收服一帮无赖，使他们俯首帖耳，也可见他具有驭人之才。林冲看到鲁智深之所以喝彩，除了因为“这个师父端的非凡，使得好器械”之外，与鲁智深训练这帮无赖的手段完全不逊于他这个八十万禁军教头也不无关系。将鲁智深比为关羽是恰如其分的。

梁山上有三个“张飞”，分别是林冲、李逵和秦明。

《三国志演义》里的张飞，给人的印象无外乎“莽”和“猛”。所以上列的这三个人中，林冲是最不像张飞的。尽管作者笔下的他“豹头环眼，燕颔虎须，八尺长短身材，三十四五年纪”，使用的武器也是丈八蛇矛，分明与张飞相似，但他们的性格气质却相去甚远。作者刻画林冲的独到之处，是让他在“豹头环眼”之外，“手中执一把折叠纸西川扇子”。这样，他就与张飞有了区别，适成一个不敢做也不敢当的林冲。而在《三国志演义》中，张飞“鞭打督邮气冲牛斗，虎牢关战温侯，当阳桥前一声吼，喝断了桥梁水倒流”。这样一马当先的人物，绝不是从不主动做先锋的林冲可比的。

李逵像张飞则是读者的共识。相声里有“赛过莽张飞，不让黑李逵”的段子。当代导演也安排同一个演员饰演张飞和李逵。从性格角度看，李逵固然也是莽撞之人，他对宋江的忠诚也无异于张飞对刘备，但他比张飞多了一些江湖草莽习气，有着一种张飞所不具备的残忍。例如他能把小衙内的头脑劈成两半，把李鬼的尸身当成好肉烤着吃。也正是由于原著中李逵这个形象太过恐怖，所以新旧两版的电视剧《水浒传》对这个人物都做了不同程度的美化。不过美化后的李逵也依旧不是张飞。张飞有大将风度，能够义释严颜；李逵不过是一个走卒，只会冲锋陷阵而已。张飞可以使用计策，骗过张郃；李逵就只能依从吴用的计谋，还得不吃酒，不说话而后可。张飞是个有头脑的人，绝不像李逵，很容易受人摆布。

有大将之材，而又在性格上与张飞相似的，《水浒传》中还有一个秦明。原文说：“因他性格急躁，声若雷霆，以此人都呼他做霹雳火秦明。”但秦明在《水浒传》中并非第一等重要的角色，作者没花多少笔墨刻画他的性格、才干，我们只能从“夜走瓦砾场”一段中看出他的莽撞性格。至于张飞式的“忠义”，我们也很难从秦明身上看到。他的妻子被宋江、花荣害死，他不但不能报仇，还推荐自己的徒弟镇三山黄信入伙，可见对梁山已经产生真心认同，这也深为一些批评家诟病。但在那个时代，“朋友如手足，妻子如衣服”也许是武人们的主流价值观，我们也没有必要拿着今天的人情道德厚责他。但至少，秦明是否忠义，我们从《水浒传》的文本中很难得出结论。只能说他用武多于用智，当得起“天猛星”的称号，与张飞确有几分皮相上的相似。

梁山上有三个“吕布”，分别是卢俊义、吕方和花荣。

吕布的特点是“勇”和“狠”。具体表现在：第一，有万人敌的身手。传统书目中表现这类人物，往往会采用以一敌多的故事模式，比如《三国志演义》中的三英战吕布，《隋唐》中的熊阔海、伍云召、伍天锡大战宇文成都，还有就是《水浒传》中的四耶律联手战卢俊义。第二，有逞强好胜的性格。好勇斗狠，刚愎自用，性格缺陷明显，但能靠着一身真本领慑服他人。《三国志演义》中的吕布错疑陈宫，听不进正确的意见，但是辕门射戟时，袁术手下的人不能不买他的面子。第三，性格残忍，反复无常。吕布杀丁原、董卓，人称“三姓家奴”。宇文成都对杨广亦无忠诚可言。从这三点来说，宇文成都和吕布是同一类人，梁山上却没有与吕布完全相同的人。

卢俊义在武艺上似乎可与吕布一较高低，独步《水浒》，但他跟四个耶律作战是续作者所补的情节，在原作者的笔下，他的武艺并没有被着重渲染。他虽然也刚愎自用，却没有吕布的威风，一意孤行招致的后果，是中了梁山的圈套上山落草，和最后的误饮水银而死。从性情和品质方面看，卢俊义对宋江和梁山也算仁至义尽，并没有反复无常，这就与吕布有本质差别。

吕方不但姓吕，而且与吕布一样手持方天画戟。正是由于这个缘故，江湖上把他唤作“小温侯”。吕方这个人，虽然平日里不显山露水，但在征讨方腊时刺死厉天佑，并和石宝死战，武艺自然是不弱的。郭盛出场时与吕方酣斗，武艺与吕方当在伯仲之间。但作者对这两个人物着墨不多，更没有刻画他们的性格，因而我们无从讨论。

梁山上潇洒如吕布的还有一个花荣。吕布有辕门射戟，花荣也曾用箭分开吕方和郭盛的两戟。这自然是《水浒》作者对三国故事的仿效。两者固然都是化干戈为玉帛，但吕布射中的戟是静立的，而吕方与郭盛的两戟已经相击，一旦射不准，就会伤及持戟人。只见花荣从容不迫，“搭上箭，拽满弓，觑着豹尾绒绦较亲处，飕的一箭，恰好正把绒绦射断”，潇洒风范较吕布有过之而无不及。梁山射雁一节，“花荣搭上箭，拽满弓，觑得亲切，望空中只一箭射去，果然正中雁行内第三只，直坠落山坡下，急叫军士取来看时，那枝箭正穿在雁头上”。正是由于这个缘故，山寨上下都称花荣“神臂将军”。金圣叹说：“传武松后定少不得此人，可谓矫矫虎臣，翩翩儒将，分之两隽，合之双璧矣。”洵为定评。

梁山上有三个“二郎神”，分别是史进、阮小二和彭玘。

二郎神在《西游记》和《封神榜》中都出现过，总体形象是年轻正直的。但这两部书都是后起的，元朝的西游故事和武王伐纣故事里，二郎神这一角色并不十分出彩。在民间故事里，二郎神有斧劈桃山、弹打凤凰的事迹。二郎神的故事出自《龙城录》，书中说他名叫赵昱，能够斩蛟。后来民间传说中的二郎神是修都江堰的李冰的第二个儿子，用自己的身子填了罅口，所以虽然短命，却得到民众的永久敬仰。无论如何，二郎神这一人物不但有本事，还很得人心。《封神演义》中的杨戬居功不傲，人缘甚佳，也与二郎神的传统形象若合符契。

史进也是志在匡扶正义的侠客，曾经努力解救过玉娇枝。他所使的三尖两刃四窍八环刀，和二郎神的三尖两刃刀也很相似。不过，这种刀的长处是可砍可刺，而史进上阵时，只“砍”不“刺”，并没有物尽其用。而且史进的行侠有心无力，与传说中的二郎神相差甚远。

彭玘的绰号是“天目将”，使用的也是一把三尖四窍八环刀。书中对他为何被称作“天目将”没做解释，我们猜测，他的眉心有一处形如天目的胎记，加上手持三尖两刃刀，自然有些形似二郎神。不过彭玘武艺平平，在征讨梁山的阵前，与花荣战二十回合便“力怯”，被扈三娘袍底下取出的红绵套索轻易捉了。在打方腊时，还没和高可立交手，就被张近仁从肋窝里撞将出来，一枪结果了性命。

值得一提的是短命二郎阮小二。各种版本的《水浒传》中，诨名“短命二郎”的都是阮小五，阮小二则称“立地太岁”。但《大宋宣和遗事》中，短命二郎的名字是阮进。《宋江三十六人赞》中“短命二郎阮小二”一则曰：“灌口少年，短命何益！曷不监之，清源庙食。”正是化用了上文提到的民间传说。赞文将阮小二比拟为二郎神，不知是望文生义还是另有所本。《水浒传》中的水军头目，如阮氏兄弟、李俊、张顺等，都能得民心，在这一层意义上，确实可与身填罅口的李二郎相比。

不过我们知道，《封神演义》中的二郎神名为杨戬。《水浒传》中有一个奸臣也叫杨戬，而且是宦官。从故事源头上看，二郎神和杨戬并无关系。宋朝关于杨戬的传说甚多，洪迈《夷坚志》、陆游《老学庵笔记》中都有记载。明朝冯梦龙《醒世恒言》中有一则故事《勘皮靴单证二郎神》便是在此类传说的基础上写成的。故事讲述宋徽宗的韩夫人住在杨戬家中，被装扮成二郎神的道士骗奸。胡适说，当时的东京人称杨戬为二郎神，不知出自什么史料。但不管怎么说，这“二郎神”的绰号并非赞美之词。

谁在反对招安？

梁山一百零八人在排定座位的五个月后共庆重阳佳节。铁叫子乐和唱起宋江的新作《满江红》，唱到“望天王降诏早招安，心方足”一句时，梁山上的头领们议论纷纷。首先是武松跳起来：“今日也要招安，明日也要招安去，冷了弟兄们的心！”接着是李逵睁圆怪眼，大叫一声：“招安，招安，招甚鸟安！”只一脚，把桌子踢起，摔得粉碎。宋江埋怨武松。鲁智深道：“只今满朝文武，多是奸邪，蒙蔽圣聪，就比俺的直裰染做皂了，洗杀怎得干净？招安不济事！便拜辞了，明日一个个各去寻趁罢。”这是梁山第一次面临是否要接受招安的问题，其中直接表明不愿招安的，只有上述三人，并没有林冲，也没有阮氏三雄。

原文在此本来是没有疑义的。但我在上中学的时候，做过一道语文填空题：宋江提出招安一事，梁山上有三位好汉反对，请写出他们的名字。我按照原著作答，但标准答案是：林冲、李逵和武松。我拿出《水浒传》原著找老师理论，老师连看都不看，便笑道：“林冲被高俅迫害成那样，怎么可能希望招安？”但不幸的是，林冲不反对招安是原著里的事实，无论我们依据的原著是何种版本。

我们之所以会觉得《水浒传》中的林冲反对招安，第一个原因是李开先《宝剑记》塑造了一个勇于反抗的林冲形象，第二个原因是“评《水浒》运动”赋予了林冲、李逵等人物以全新意义。林冲被选定为“逼上梁山”的典型形象，李逵则被称赞为坚定的“革命派”。1998年版央视电视剧《水浒传》也采纳了这些人物设定，把林冲塑造成一个苦大仇深的英雄人物，并让林冲最后因高俅被宋江放下山而负气病逝，这是对原著中林冲形象的一种极大误会。不过这种误会并不是现代读者独有的，就连《水浒传》中的人物，也多有以为林冲坚决反对招安的。呼延灼向关胜诈降时说，宋江“素有归顺之意，独奈众贼不从”，并单独点了林冲、黄信等人的名。这一方面是因为林冲受高俅迫害的事尽人皆知，另一方面也是因为当天林冲、秦明攻打关胜甚为用力，给人一种他反抗最坚决的印象。

然而他们不知道的是，林冲虽然身负血债，却一直希望能够自我实现。所谓“他年若得志，威震泰山东”，和“他年若遂凌云志，敢笑黄巢不丈夫”异曲同工。林冲和宋江一样，在落草之后依然有忠君情结——林冲自命“为人最朴忠”，宋江则改“聚义厅”为“忠义堂”，而“忠”的意识和自我实现的愿望，使他们无法满足于梁山这个小社会，自然希望凭自己的力量跻身朝廷，为百姓做一些实事，为国家分担患难。改造社会不一定要另立江山，如果接受了招安，可以从体制内部推行改良，力挽颓波。中国古人有一种“中兴”的观念，认为一个朝廷延续几十年乃至一百余年后，总会出现很多问题，这时候就需要一些有理想和能力的正直大臣，对朝政进行改革，将国家推向另一个盛世，这就是所谓的“中兴”。《诗经》云：“衮职有阙，惟仲山甫补之。”杜甫说：“致君尧舜上，再使风俗淳。”都是这种理想的延续。宋江的渴望招安，不失为一种理性的态度。所以林冲很“识大体”，高俅被捉，他并没有要求血债血还，也没有出言羞辱这个本该不共戴天的仇人，只是怒目而视，正是不想因一时冲动坏了自己兼济天下的大计。

阮氏三雄是没有这种“大计”的，因为他们来自于最底层，受的是底层的苦难，眼界难免受到所处阶层的局限，很容易被当时的社会舆论左右。在乡间，书生的地位是高的，于是他们信服吴用。在水里拦何涛时，阮小五作歌道：“打鱼一世蓼儿洼，不种青苗不种麻。酷吏赃官都杀尽，忠心报答赵官家。”阮小七作歌道：“老爷生长石碣村，禀性生来要杀人。先斩何涛巡检首，京师献与赵王君。”我们有理由相信这两首歌都是出于同一人之手，这人就是撞筹他们的吴用。阮小七对吴用表示：“若是有识我们的，水里水里去，火里火里去。”所以吴用向他灌输“报答赵官家”的思想，他便如此歌唱；吴用撺掇他反对招安，他便偷喝御酒，完全没有自己的是非。其实吴用的立场是，招安是最终目的，但绝不能被朝廷轻视，一定要开个好价钱。

吴用的原话："这番必然招安不成。纵使招安，也看得俺们如草芥。等这厮引将大军来到，教他着些毒手，杀得他人亡马倒，梦里也怕，那时方受招安，才有些气度。"宋江认为此举"坏了'忠义'二字"，而林冲、关胜、徐宁都来给吴用帮腔。关胜与呼延灼一样，是被俘后投降梁山的，一直是权且寄身水泊的心态，恐怕不会真心反对招安。至于徐宁，与朝廷本无仇恨，只是梁山泊需要他的金枪，才诳他上山的，他更没有理由反对招安。

朱仝虽然也是被梁山逼迫入伙的，但他私放过晁盖、雷横，江湖地位是自己多年游走于官府与江湖之间挣来的。加上他入伙之前正在沧州知府家中伺候小衙内，看不到出头之日，所以对梁山并不十分排斥，对招安也并不热心。而徐宁与朱仝相比，至少是个对家室很上心的人。在梁山上，没有家室或不重视家室的人可以图自己的一辈子快活，但是重视家室的人必须考虑家人和后代的生存。自己造反，不能连累儿孙永世不得抬头，所以招安对他们来讲是最好的出路。

徐宁上山前虽只是金枪班的教头，官阶不高，但在官场，官阶和实际权势通常并不挂钩。例如宋朝的御史，官阶很低，但是权力很大，弹劾丞相成功的例子数见不鲜。徐宁因为官阶不高，所以住在黑角子门，而不能像高官一般将门漆成朱色。但是在天子驾幸龙符宫的时候，徐宁有幸奉侍，可见实际地位不低。王太尉想用三万贯钱买徐宁的雁翎甲，徐宁没有答应。这固然因为雁翎甲是徐家四世相传的宝物，有特殊意义，但面对三万贯钱不动心，足以证明徐宁家道颇为殷实。而敢于回绝王太尉，不担心遭到报复，也说明徐宁有着不小的势力。所以宋江在拉他入伙时便答应了："见今宋江暂居水泊，专待朝廷招安，尽忠竭力报国，非敢贪财好杀，行不仁不义之事。万望观察怜此真情，一同替天行道。"在梁山上，徐宁是最不情愿落草者之一，也是最盼望招安者之一，他在意的无非是招安的条件。

关胜上梁山时带了一万五千人马，所以他在梁山武将中，有着很高的地位，自然是希望凭借招安的机会再获价值上的提升。林冲为了等待招安，在梁山上忍耐了多年，当然不希望自己先前的努力付之东流。所以关胜、林冲与徐宁一样，希望在招安之前增加自己的筹码。对于这部分人，宋江满足他们的心愿，两赢童贯、三败高俅，为的是赚够了名声再接受招安，对这些人有个交待，对自己也不失为一种利益最大化的手段。

鲁智深和武松势单力薄，原二龙山的班底未必愿意追随他们。曹正是禁军出身，恐怕是盼望招安的。施恩原先是恶霸，孙二娘和张青原先是开黑店的，眼里都只有利益，没有道义可言，当然也不会反对受招安，享富贵。所以宋江对鲁智深和武松不必多加劝说。尤其是鲁智深，大概是坐过二龙山头把交椅的缘故，宋江对他在尊重的同时，一直比较疏远。

在反对招安的人中，宋江唯一能掌控且必须掌控的是李逵。鲁智深、武松如果不接受招安，最多是青灯古佛了此一生，但是李逵如果不接受招安，就必定会顶着“梁山好汉”的名号打家劫舍。这样，宋江就会有把柄落在朝廷官员的手中。所以宋江通过两件事让李逵老老实实听从自己的安排。第一，东京赏花灯。毕竟热闹的活动是李逵最乐意参与的——这便给他一个见世面的机会，让他见识东京的繁华，感受到在朝为官的吸引力。第二，寿张县坐衙。这是让他进行一次做官的演练。有了这两次经历，李逵果然不那么激烈地反对招安了。宋江知道，李逵是绝对忠于自己的。只要自己效忠朝廷，李逵就绝不会再叛；但如果自己遇害，李逵就必会失去管束，重举叛旗，让自己的忠名毁于一旦。这也是宋江最后必须带着李逵一同赴死的原因。

这三个人之外，不情愿招安的还有一个李俊。但李俊并没有公开袒露心迹，只是在攻打高俅时，和张横一道杀了被俘的牛邦喜、刘梦龙，以表明态度。李俊做过揭阳镇的领袖，有足够的政治才干，而不像鲁智深等人一样，只想着单打独斗。这样的人能够屈居宋江之下已属难得，宋江自然无法强求他服从自己的招安大计。后来李俊与费保等人到海外游历，对于他自己和宋江而言都是最好的结果。

遗憾的是，梁山一行人在接受招安之后，并没有得到澄清内政的机会，而是被派去抵御辽国，平定方腊，这固然也是履行“忠义”之道，但跟宋江、林冲们的理想还有着很大的距离。招安最终酿成了悲剧，宋江等人毕生追求的忠义也化为泡影。

袍带与短打

英雄传奇话本，自来有袍带与短打之别。所谓短打，有似于今天的武侠，写的是一个人或几个人在江湖上的行侠仗义。所谓袍带，写的是阵前武将的捉对厮杀——今天很多批评家浪言《水浒传》和《三国志演义》的作者“不会写战争”，把战争都写成阵前比武，那是他们不懂得平话艺术的特点。读袍带文，一定要跳出历史逻辑，必须接受以下四个前提：第一，所有作战都表现为两军将领在阵前比武的形式，争战中看不到战前动员、后勤保障和排兵布阵等活动。第二，用到的阵法只涉及一字长蛇阵、二龙出水阵等具体阵型，而无关乎作战时的前后接应和故设迷局。第三，两军的输赢取决于主将斗阵的输赢，一方主将被擒或被杀，他的队伍当即溃散。第四，双方将领的将才仅指他们的武功高下而非带兵才能高低。不承认这四个前提，就无法真正感受到袍带小说的魅力。

《水浒传》这部书从第一回到第四十六回大致属于短打书，只有第二回史进与陈达的交锋、第十三回杨志与索超的打斗有点袍带书的意思。三打祝家庄是《水浒传》进入袍带书的开端，也很可能是早期水浒故事收场之处。《大宋宣和遗事》和元杂剧都说晁盖死于祝家庄。袁阔成的《水泊梁山》也是围绕三打祝家庄展开的，最后也以晁盖命断祝家庄作为结局。而且《水浒传》写完祝家庄的故事，恰好是五十回整，情节也很完整，第五十一回“插翅虎枷打白秀英，美髯公误失小衙内”横生枝节，与前文没有有机联系，显得十分突兀。因此我怀疑《水浒传》原先只有五十回，祝家庄后的故事都是另补的。

后五十回中，第五十一至五十八回尚且保留了一些短打的本色，呼延灼的形象也远比后来的关胜、单廷珪、魏定国等人刻画精细、人物更丰满。第五十九回的闹西岳华山、第六十回前半的芒砀山收樊瑞也是游离于主线的短打故事。其后以晁盖之死引出卢俊义、燕青上山，全是袍带书，这部分的故事就不太引人入胜了。胡适评价说：“这一段硬把一个坐在家里享福的卢俊义拉上山去，已是很笨拙了。……还有燕青在宋元的水浒故事里本是一个很重要的人物，施耐庵在前六十回竟把他忘了，故不能不勉强把他捉来送给卢俊义做一个家人。”不能不说是很中肯的意见。关于卢俊义的八回半书中，有短打意味的只有石秀劫法场一回和浪里白条水上报冤一回，但精彩程度全然不能同前五十回相提并论。第七十二到七十五回，我怀疑是作者直接改写自元杂剧的。最后二十五回，只有李俊太湖结义和燕青射雁有一点短打的意思，其余的部分便都是袍带书了。

第五十九至一百回中，征辽一段尤其让人觉得寡淡。这八回书将辽国领袖称为“狼主”，这实际上是过去平话称呼少数民族领袖的惯用语。《秦并六国平话》将匈奴单于称为“狼主”，《说岳》将金国的皇帝也称为“狼主”。《水浒》作者写宋朝官职很准确，写武将时，将其官、职、差遣区分得很详细，很接近宋代的历史原貌。而这里直呼“狼主”，完全不符合历史真实，可见作者对这八回用力不深，保留了平话的粗糙原貌。鲁迅和胡适都怀疑有一个古本，是在招安故事之后直接进入征方腊的，我的意见与他们一致，多出的一条论据是，田连元先生的评书就是招安部分和征方腊部分相接的——评书艺人的本子都是从老先生那里传承下来的，田连元的本子里既没有征辽也没有杨志和索超相斗的内容，所以这两部分都有可能是后加入的。当然，在发现真正的古本之前，这还只是一个假说。

实际上，在当时的通俗文艺中，征辽题材之普遍，可能不亚于今天的抗日题材。宋江征辽是与杨家将征辽，薛仁贵征东、征西，五虎平南等一脉相承的，为了迎合听众的民族情绪，只能胜利不能失败。《水浒传》作者留给这部分故事的心力有限，单田芳先生在说到此处时，便借鉴了《杨家将》《薛家将》等书中的语言技巧，将宋江与兀颜延寿阵前斗嘴等桥段表现得更加生动有趣。

总体说来，《水浒传》短打部分的精彩程度远远胜过袍带部分，但这并不意味着袍带书不能写好，《三国志演义》中就有很多出色的袍带文，如三英战吕布、太史慈酣战孙策、关羽降黄忠、马超斗许褚等。

这些袍带文精彩的原因，第一是写出了人物性格。如马超和吕布都是勇将，但他们的勇并不完全一样，吕布的勇多了一些狠，马超的勇多了一些任气和莽撞。这一区别不但体现在战场上，也体现在他们的为人处事中。作者表现吕布之狠，写他杀丁原、董卓；表现马超之任气，写他与韩遂的反目。《水浒传》中的袍带文，便很少顾及这一层。祝家庄的故事之所以写得相对成功，就是因为作者展现了祝彪、栾廷玉等人在生活中的形象；曾头市的故事之所以比较逊色，就是因为对曾家五虎的生活日常全无着笔。

第二是突出了战争对于情节线的推动作用。《水浒传》用同一种模式反复写官军对梁山的攻打，显得十分笨拙。正如《封神演义》写张山、李锦伐西岐，给人重复拖沓之感。《水浒传》是为了凑齐一百单八将，《封神演义》是为了凑齐三十六路大军。《三国志演义》则突出了每一场战争的关键性，用这一场场战争推动故事情节的发展。三英战吕布是十八路诸侯讨伐董卓的关键。关羽战黄忠是刘备取三郡的关键。关羽斩颜良，既是他离开曹操寻找刘备的关键，也是刘备受袁绍怀疑而另谋出路的关键。《水浒》作者擅长写倒拔垂杨柳、景阳冈打虎一类的单打独斗，却缺乏驾驭大型战争场面的能力。招安前，梁山主动出击的战役只有打祝家庄、曾头市、东平府、东昌府等少数几场，而且前后不相关联，只是为打而打。至于征辽、征方腊两部分，正是可以集中安排大型战争的地方，但作者分别只用了十几回的篇幅就草草收场了，出场人物却多达几十个，结果自然是每个人物都刻画得十分粗疏。

第三是对阵双方的输赢完全取决于武力比拼。如果胜利的一方是靠外力或神魔法术的加持，便会落入下乘。《封神演义》里的袍带文陈陈相因，很难给人留下深刻印象，正是因为作者不了解神魔文和袍带文的界限。《水浒传》中郑彪的法术也可作如是观。呼延灼的故事之所以给人无趣的感觉，是因为作者增添了炮兵凌振这一外力辅助，使得袍带情节失去了紧张感。所以评书和影视作品在表现这段故事时，必须进行二度创作。即使仿效三英战吕布设计一个鲁智深、杨志、武松联手战呼延灼的情节，也会比原著好看得多。至于呼延灼的连环马，假如不是引出时迁盗甲这一脱离主线而比较有趣的短打情节，也会显得缺乏意义。

《水浒传》的成书

前文已经分析，《水浒传》的故事可以分为袍带和短打两种类型。而除此之外，《水浒传》中至少还夹杂着一些神魔内容，譬如第一回《洪太尉误走妖魔》、第四十二回《宋公明遇九天玄女》、第七十一回《忠义堂石碣受天文》等，都有明显的神魔色彩，而公孙胜、罗真人以及混世魔王樊瑞等人的故事更是如此。事实上，很多传统故事都有历史和神魔两条线索。比如安遇时整理的《包公案》，既有包拯判断人间疑难案件的故事，也有他审理阴司地狱诉讼的故事。甚至五鼠闹东京的故事，也是由神话故事转变而来。

《水浒传》在层累式形成的过程中也产生了一系列神魔故事，本来是无法与故事主线融合的，但大概是因为作者不忍舍弃，又不肯像安遇时那样写成一个个短篇，所以只得把这类故事掺在主要情节之间，因而显得比较突兀。何况作者只擅长写短打，不擅长写袍带，更不擅长写神魔，所以公孙胜和樊瑞的故事也都不好看。正是出于这样的原因，我们不同意将《水浒传》里的神魔故事都视为宋江编造出来的鬼话。萨孟武先生探讨"九天玄女与三卷天书的来源"，重点揭示宋江遇九天玄女这一故事的政治内涵，但那是从社会学的角度分析古时候的帝王玄学，《水浒传》只是他的一个例证，并不是对《水浒》本身做出的解读。

除此而外，梁山泊的故事流传既广，自然也分为不同的说书传统。我们今天看到的《水浒》定本中，许多故事都与杭州有关。且作者写南方的风土地理极细致，一写到北方便显得粗疏，因此可以确定《水浒》最主要的整理者是南人而非北人。但《水浒传》中的很多故事发生在北方，最重要的人物之一武松也被设定为河北或山东人。我们猜想，水浒故事在流传过程中曾经演化出南北两个话本系统。前文分析“宋江游记”时提到，宋江的两次游历一次在北方，侧重于写骑兵；一次在南方，侧重于写步兵和水军。这正是曾经存在过南北两个版本系统的《水浒传》的反映。

另一个比较重要的论据是晁盖之死。元杂剧中的晁盖之死均发生于祝家庄，而非曾头市，这可能与今日流传下来的元杂剧主要是北方剧作家的作品有关。高文秀、康进之均为今山东人，李文蔚是今河北人，红字李二是今陕西人，只有李致远是今江西人。

祝家庄和曾头市的故事极像。两场战役都是由偷盗行为引起的，祝家庄的故事起于时迁偷鸡，曾头市的战役则由段景住盗马引起。正因如此，时迁和段景住在梁山的排位注定不会太高，并且会紧密地挨在一起。两场战役中的反方祝家庄与曾头市，都将梁山作为假想敌，并且不将梁山放在眼里。

祝家庄动辄将人当成梁山贼寇捉拿过去，并且扬言："填平水泊擒晁盖，踏破梁山捉宋江。"曾头市的人物强夺了段景住的马之后，听说这马是送给宋江的，"多有污秽的言语"，并扬言："扫荡梁山清水泊，剿除晁盖上东京。生擒及时雨，活捉智多星！"

在人员配置上，祝家庄与曾头市也极为相似，都奉一个老长官为名义上的领袖，他们的儿子都武艺超群，前者被称为"三杰"，后者被称为"五虎"，两处长者也都把实权交到儿子们的手中。祝家庄有教师栾廷玉，曾头市有教师史文恭和副教师苏定。在攻打两处的过程中，宋江和晁盖都中了埋伏，不同之处在于，宋江通过石秀的指引从容撤兵，晁盖却在乱军当中被射杀。不过这是现在通行本《水浒传》的安排，在元杂剧中，晁盖是死于祝家庄的。如《黑旋风双献功》第一折："哥哥晁盖三打祝家庄身亡。"《同乐院燕青博鱼》楔子："不幸哥哥晁盖，三打祝家庄中箭身亡。"《梁山泊李逵负荆》第一折："后来哥哥三打祝家庄身亡。"《鲁智深喜赏黄花峪》第一折："哥哥三打祝家庄身亡。"《都孔目风雨还牢末》第一折："哥哥三打祝家庄身亡之后，众兄弟让我为头领。"更可见两场战役的原初设计是如出一辙的。为了打赢这两场战役，梁山都不可避免地要寻求外援，祝家庄故事中的外援是病尉迟孙立，曾头市故事中的外援是玉麒麟卢俊义。且这两位外援上山的契机也有相似之处，前者是因为解珍、解宝兄弟被人陷害下了死牢，后者是因为自己被人陷害下了死牢。

所以祝家庄的故事和曾头市的故事可以看作同源异流。祝家庄的故事，突出解珍、解宝，契合北方听众崇拜打虎英雄的心理；曾头市的故事，突出张顺夜闹金沙渡和水上报冤，符合南方英雄多活动于水上的特点。何况张顺又是杭州人民耳熟能详的人物，今日杭州西湖上仍有张顺的雕像即为明证。

综上所述，我们可以得到以下结论：

第一，水浒故事原本有北方和南方两个叙事系统，北方的叙事系统重视陆战，南方的叙事系统重视水战。

第二，《水浒传》的作者将原本出自南北两个叙事系统的故事融合在一起，书中的主要人物宋江先去北方再去南方，正是这种融合的反映。祝家庄和曾头市的故事出于同一个母体，但被作者同时保留。这方面的考证，可以参看侯会的《从山贼到水寇：水浒传的前世今生》。这本书中说，北方流传的水浒故事来源于《大宋宣和遗事》，南方流传的水浒故事出自吴从先读本《水浒》；前者写的是“山贼”，后者写的是“水寇”；前者是强梁主题，后者是抗金主题。两者都是从南宋末就开始流传的。

第三，《水浒传》一书包含短打、袍带、神魔三种内容，它们原本是各自独立的，但作者为了求全，把它们捏合在一起，可是才力不逮，只有短打部分写得出彩，袍带、神魔两部分都不是很成功。

第四，《水浒传》的文本是层累形成的。众所周知，《水浒传》的文本有简本和繁本之别，繁本又分为一百回本和一百二十回本，区别在于是否有征田虎和征王庆的故事。简本的回数不一，但均有征田虎和征王庆。所以学界称繁本是“文繁事简”。这一现象具体是怎么形成的，学界尚无一致意见。我倾向于认为，简本出自说书人的底稿，因此在故事情节上细大不捐，显得繁琐，在具体描写上则比较简略；而繁本是经过文人修订的，修订者或者听过短打书，或者自己就是写作短打书的高手，故而对书中的短打部分着力尤多，对另两个部分就不甚用心了。

招安以后

田连元的评书《水浒全传》把梁山从聚义到接受招安的过程讲得非常详细，重点演绎的有林冲和高俅之间的冲突，燕青和李逵在东京汴梁城里教训高俅属下李虞候的喽啰等，冲突中暴露出的梁山内部矛盾，以及梁山接受招安之后所受到的种种不公正对待，使故事变得更加精彩跌宕、耐人寻味。但这并不符合《水浒传》作者的原意。从《水浒传》原著看，林冲并没有反对招安。而且梁山群雄在接受招安后，彻底沦为替朝廷卖命的打手，个人英雄主义的光彩已然泯灭。

宋江在接受招安时说道："愿进京者，可并偕行；不愿进京者，自驻花册记名，可下山自谋安生。"许多追随宋江多年的小喽啰都请辞了，但众头领——包括原先反对招安最坚决的李逵、鲁智深、武松——无一离开。李逵的不肯离开是注定的，因为他始终忠于宋江个人，宋江执意受招安，他没有别的选择。鲁智深和武松虽然反招安最坚决，但他们已来不及将原先属于自己的二龙山势力撤出，另立山头，只得被梁山上的大多数裹挟。

受招安后，宋江等人先后征辽，征田虎、王庆、方腊。田虎、王庆的故事不必说，一定是后加的，征辽的故事原先也未必有。除了前文已陈述的理由外，还有一个重要依据：宋江一伙在征辽凯旋之后，居然一点封赏也没有得到，完全不符合情理。

《水浒传》中的征方腊故事也结束得十分草率。我同意一种说法，因为方腊叛乱被平定之后，很快就是靖康之变，如果梁山这些人依然在世，宋军没有理由那么不堪一击，反而会有中兴之势，这就显然违背了历史真实。一方面，在中国的话本小说传统中，完全架空的历史是不存在的；另一方面，《水浒》故事与《说岳》故事存在着一定的关联，而一个说话艺人同时说这两部书，是常有的事，只有先收束梁山的故事，才便于岳飞等南宋英雄登场。

在这十回里，梁山群雄开始大量死亡。一些批评家解释说，之前官军攻打梁山，主要目的在于立功，所以他们抓到梁山上的人后，肯定会先行关押，而不是急于处死；但是方腊集团与宋江作战却是为了求得生存，所以梁山将领被俘后，如果不投降，自然就会被杀掉。这种解释自然有一定道理，但问题在于，即使作战双方是你死我活的关系，也不意味着非杀战俘不可。三国时关羽抓获于禁，于禁没有投降，关羽也只是把他关押起来。其实，《水浒传》的作者并无意于按照真正的战争模式写方腊和宋江的冲突。

作者对宋江和方腊双方的人物都做了脸谱化的处理。宋江一方完全是宁死不降的英雄，而方腊一方则是罪恶滔天的反派。书中每每说："那时百姓都被方腊残害不过，怨气冲天。""（段）恺等原是睦州良民，累被方腊残害，不得已投顺部下。""老汉祖居是此间百姓，累被方腊残害，无处逃躲，幸得天兵到此，万民有福，再见太平。""此间百姓，俱被方腊残害，无一个不怨恨他。""将军来收此贼，与民除害。"只反复控诉方腊侵害地方，却说不清他到底有过哪些侵害行为，无非是为了强化宋江一方进剿行动的合理性。相形之下，田连元在说评书《水浒全传》时，增加了江南（沈寿）这一角色，给予方腊方一些光彩。

将斗争双方写得正邪分明，是传统评书的基本特点。如果让一个现代小说家处理这一题材，自然有可能把人物形象塑造得更加饱满立体，把故事讲得更细腻跌宕、曲尽人情，比如可以把宋江和方腊两大集团的厮斗写成英雄间的自相残杀，写出方腊集团的人物从"好汉"到"王侯"的心态变化，更可以对方腊集团失败的社会原因进行探讨——张顺、王定六等生长在江浙一带的人，居然对方腊一无所知，作者对此完全不做解释，这是现代小说创作中绝不会出现的破绽。但《水浒》作者一向不愿意写人物心理，更不会写广阔的社会，他只擅长写一个个孤立的英雄传奇故事，用对现代小说作家的要求来框范他，自然是不现实的。

这十回故事的时间跨度是三年，而《水浒传》前七十回的时间跨度也是三年，详略差别极大。如果作者把这十回的内容扩充到七十回，自然可以把内容写得更加充实，把人物塑造得更加丰满，但是作者明显不愿意做此种努力。作者写征方腊，最主要的目的是交待人物的归宿，所以很多时候梁山群雄都是“为死而死”。

《水浒传》的作者是存心把宋江等人写死的，不然以宋江的政治头脑，绝对不可能把鸡蛋放在同一个篮子里，至少应该让梁山一百单八将中的部分人物留在后方，以保存实力，在朝中铺路。正如李卓吾所说：“此内尽有不必死而死之人，如解珍、解宝等是也。”解珍、解宝的探乌龙岭完全没有必要，他们把自己当成普通士兵使用，宋江居然也不加以阻拦，实在是匪夷所思的。这种粗糙的处理方式，使我们除了对解珍、解宝感到可惜之外，也对作者安排情节的能力不敢恭维。

此外还需要特别说明的是，《水浒传》中擒方腊的是鲁智深，后世流传的却是武松单臂擒方腊的故事。给武松和张顺更多戏份是南派水浒故事的典型特征，可是作者在整理《水浒传》时却以北方故事为主——其中多有山东的方言，至于写南方较北方更为细致，只不过是因为南派《水浒传》比起北派故事更为详尽罢了。

《水浒传》的另种结局

我在“知乎”上受邀回答过一个问题：“如果让你为《水浒传》重新写一个结局，你会怎么写？”我当时读后，颇费踌躇，毕竟《水浒传》七十一回本的续书，已经有很多种，清朝就有俞万春的《荡寇志》，民国有张恨水的《水浒新传》，珠玉在前，今天的我们要翻新出奇似乎也不太容易。但《荡寇志》的创作契机是反对义和拳和白莲教，有着鲜明的时代烙印；《水浒新传》作于抗战时期，也有鼓舞国民士气的现实意图。而要让我改写《水浒传》的结局，我一定会本着当代立场，运用当代人的视角，写出一个与前人完全不一样的版本。

我在个人平台上连载过《金鞭传》（改编自鼓词《呼家将》）和《大宋宣和遗事》（改编自话本《大宋宣和遗事》），若朋友们读过，便不难发现其风格。第一，必须符合讲史平话的章回体形式和叙事传统。第二，参酌现代人的价值观，照顾现代人的阅读趣味，并且借鉴一些现代小说的文学技巧。具体表现为：（一）突出女性形象，（二）着力于心理刻画，（三）与其他名著构成统一宇宙。

我同样会选择从七十一回后续起，共写二十九回，以足成百回之数。在笔墨的具体分配上，预计“梁山的进一步发展壮大和接受招安”用十一回，“征方腊”用十五回，“群雄之死”用三回。为情节紧凑计，“征辽”和“征田虎、王庆”这两部分可以舍弃。

在“梁山的进一步发展壮大”部分，我打算重点写一些来源于元曲而脍炙人口的故事，如“黑旋风乔坐衙”“李逵负荆”“同乐院燕青博鱼”“争报恩三虎下山”等。而在书坛广为流传的“燕青智扑擎天柱”故事也是必不可少的。如果得到许可，我还会从田连元的评书中借来沈寿兄妹作为重要角色。

“招安”部分我会做一个比较大的调整，因为从人物性格和故事前情分析，梁山一百单八将不可能人人都同意接受招安和入朝为官，必定有和宋江意见相左，坚持辞山回乡或单飞的。这份辞山名单上，我认为至少有公孙胜、李应、鲁智深、武松、李俊、朱武、郝思文、裴宣、杨林、蒋敬、童威、童猛、宋清、杜兴、张青、孙二娘等十七人。梁山不是铁板一块，而是山中有派，派中有系。比如同样来自二龙山，曹正和杨志必定是拥护招安路线的，他们本来就把博取功名当作人生理想；而武松和鲁智深对朝廷早已失望，必定不肯接受招安，张青、孙二娘夫妇也大概率会追随他们；至于施恩、李忠、周通，则一贯唯利是图，没有什么是非观，大约不会排斥从众入朝。围绕是否接受招安的问题，还可以设计一些矛盾冲突，比如让扈三娘争着脱离梁山，而王英多方阻挠，扈三娘执拗不过，只得委曲从行等等。

按照原来的百回本，吕方在“梁山排座次”前只是一介次要角色，到了“征方腊”时就成了主角，显得十分突兀。在重新作续时，应该留意把这一变化写得更加令人信服，比如让他在“三败高俅”等战役中扮演更重要的角色，为后文埋好伏笔。按照原来的百回本，擒获方腊的是鲁智深，而民间长期流传的是武松单臂擒方腊的故事。在重新作续时，可以弥合这一矛盾，比如安排武松和鲁智深一同去六和寺出家，再让武松偶遇方腊而擒之。

“梁山进一步发展壮大和接受招安”的故事，头绪十分繁杂，应该尽量并线。我会做这样的安排：

公孙胜走后，宋江为了拉拢李逵，让燕青陪同他一道下山玩乐。途中遇到擎天柱摆擂，燕青打擂获胜。稍后，燕青遇到沈寿，被耽搁了几日。李逵独自到寿张县坐衙，碰到刘太公告状，误以为宋江强抢民女，上山砍倒杏黄旗。真相大白后，李逵负荆请罪，宋江饶恕他的死罪后，关他禁闭，命他反思。

这时宿元景秘密来到梁山，与宋江商议招安之事。宋江表明心迹，宿元景回朝复命。宋徽宗派人送酒，被高俅暗中调换。关胜、徐宁不忿，遂为难钦差，钦差愤怒离山。宋江杖责关胜、徐宁二人。关胜与济州通判郑士谦有旧，遂与徐宁一道前往投奔，并打探官兵消息。郑士谦收留二人，不意他们的谈话被小妾王腊梅及她的姘夫丁梧听见。因为丁梧的举报，郑士谦被官府杀害。郑夫人李银娇遵照他的遗嘱私藏了关、徐二人。后来花荣下山营救，三人脱离险境。为了照料郑士谦的遗孤，关胜娶了李银娇。

此时燕青在酒店中与人博鱼，碰到前来游玩的杨衙内。杨衙内问他是否可以传授博技给一个人，却始终不透露这个人的姓名与身份。燕青出于好奇，便同意了他的请求，跟随他前去一看究竟。没想到这个向他请教的人是宋徽宗所宠爱的名妓李师师，两人一见钟情。宋江得知后，决心用好这条人脉，便来到勾栏与李师师商议大计。不久，宋徽宗果然在李师师的劝说下，第二次下旨招安梁山。

高俅前往梁山颁旨时，提出斩杀先朝苗裔柴进和一众不肯入朝的头领的附加条件，遭到宋江拒绝。高俅于是发兵攻打梁山，吕方、花荣、吴用显露奇才，三败高俅。高俅被俘上山，宋江与他订约，诛杀柴进，但是放走辞山的众兄弟，高俅只得让步。宋江杀了一个与柴进面貌相似之人，真柴进则改名柯隐，隐居江南。萧让、金大坚、安道全、皇甫端、乐和、孟康、凌振接受朝廷征召，另行任用，脱离了梁山大部队。宋江如愿以偿地接受了招安。此时方腊在江南僭号，宿元景举荐宋江进剿。

姑拟这十一回的回目如下：

第七十二回　宋公明公议招安，公孙胜拜辞梁山
第七十三回　燕青智扑擎天柱，李逵寿张县乔衙
第七十四回　李逵斩断杏黄旗，宋江私会宿太尉
第七十五回　高俅私自换御酒，关胜徐宁强出头
第七十六回　受杖责三虎下山，耍勾栏燕青博鱼
第七十七回　宋公明私通款曲，李师师问计招安
第七十八回　小温侯初试将令，宋公明一败高俅
第七十九回　银枪手夜袭滩渡，宋公明二败高俅
第八十回　吴学究计算奇阵，宋公明三败高俅
第八十一回　陈桥泪斩偏裨将，月夜私逃小旋风
第八十二回　宋江全伙受招安，方腊江南僭称号

方腊阵营中的人物自然也是英雄，但我认为没有必要从所谓“革命史观”出发对他们进行过分拔高。这一阵营成员的姓名、诨号、性格、武力可以参照《水浒传》的原有设定。但是原故事情节不紧凑，人物性格不鲜明，所以需要对出场人物进行精简。拟保留的人物：

皇帝：方腊
诸王：方垕、方貌、方杰、方天定（太子）
国师：邓元觉、郑彪
丞相为：沈抃、娄敏中
八名将：厉天闰、庞万春、沈寿、石宝、夏侯成、张韬、

杜微、段恺

可以特别强化诸王与名将之争。《水浒传》“征方腊”部分原有的一些故事，民间认可度高，流传广泛，如张顺涌金门归神等，自然应该保留；有的人物能够与有影响的当代作品形成照应，如郭盛即《射雕英雄传》中郭靖的祖先，也应该保留，并增加戏份，如让他败走牛家村等。具体情节如下：

宋江、卢俊义、吴用、关胜领兵南下。江南作战依赖水师，此时李俊等人已经不在，所以由张顺统帅。张顺不负众望，当即拿下了润州城。此后兵分两路。卢俊义与关胜一路，率领韩滔、施恩、曹正、陈达、杨春等人向宣州、湖州进发。韩滔轻敌，被石宝设计害死。宋江与吴用一路，以雷横、穆弘为马、步两军先锋，率黄信、欧鹏、邓飞、燕顺、孔明、孔亮、郑天寿、陶宗旺攻打毗陵郡。方腊一方守毗陵的郑魔君郑彪，画地为牢，待众将进入包围圈后，加以雷劈，使梁山军损失惨重。宋江请出樊瑞，在项充、李衮的帮助下，樊瑞登台作法，劈死了毗陵郡的全部将士。樊瑞心知此举不义，欲向宋江辞行归山。宋江慰留了樊瑞，并名朱仝驻守毗陵。

与此同时，卢俊义以绝对的兵力优势包围宣州，并命魏定国带领薛永、侯健火烧方腊一方援军的粮草，命单廷珪屯水灌城。林冲认为宣州地处江南，这里的守将本习水性，以水灌城怕未必能制胜，遂提出反对意见。单廷珪认为林冲轻视自己，卢俊义、关胜都坚定地站在单廷珪一边。方腊一方的援军是国师邓元觉统领的。邓元觉算得魏定国前来，派人用茅草伪装粮草，暗中分兵走水路将真正的粮草运回。魏定国不知是计，按计划焚烧粮草，不料对方直接舍弃装着茅草的粮车，包围魏定国所部。魏定国与薛永、侯健均死于此。另一边单廷珪放水灌城，不料宣州城内早有泄洪系统，大水不但没有威胁到宣州城，反而灌向己方军营。周通、李忠、段景住被践踏致死，王定六、郁保四被方腊所部斩杀在乱军之中。关胜和林冲好不容易整顿好军营，呼延灼提议暂时休战，上书请朝廷派凌振为援，卢俊义同意。凌振到来后，炮轰宣州城，石宝被劈死。秦明与邓元觉交战，双双力竭而死。卢俊义命史进驻守宣州，而后带兵赴湖州，发现湖州守将竟是燕青的故交沈寿。燕青与时迁夜闯湖州城。燕青到帅府跟沈寿密谈，希望沈寿归顺朝廷。沈寿拒绝劝降，燕青准备劫持沈寿，却被沈寿所部包围。沈寿的副将庞万春号称小养由基，准备射杀燕青，这时时迁从房顶放下一根铁索，使得燕青得以挟持沈寿逃跑，时迁自己却因掩护燕青被射杀。燕青擒回沈寿，将他关押在狱中。

此时宋江开始攻打苏州。苏州城四面环水，宋江命阮氏三雄带水军进攻，并让杨雄、石秀接应。三阮赚开城门，方貌带兵突围。杨雄、石秀拦阻失败，陷阵而死，方貌成功逃脱。宋江占领苏州后，命花荣驻守，再率兵攻打常熟。常熟的守将为方垕。宋江命孙立、孙新、顾大嫂、王英、扈三娘出战，结果王英战死，扈三娘被擒。宋江与吕方谋划复仇，正在踌躇之际，听到方垕摆阵叫战，吕方亲率五百军士破阵。方垕几乎遭到生擒，亏得众将力保，方才逃脱，只是锦袍为吕方所夺。方垕回城后大怒，准备杀扈三娘祭旗，没想到佳人可爱，便动了强娶之心。扈三娘假意应承，准备在新婚之夜刺杀方垕，但被方垕发觉反杀。沈抃听说方垕的荒唐事后，怒斥他好色失责。方垕反唇相讥沈抃盗娶娄敏中之妻。沈抃颜面大失，离开常熟去往扬州，中途被戴宗发现。李逵赶上前去，一斧结果了沈抃的性命。此时军中瘟疫大作，刘唐、白胜病死。宋江感叹安道全不在军中，命吕方克期攻下常熟城，夺取常熟名医苏世济。吕方立下军令状，不惜一切代价拿下常熟。杜迁、宋万、马麟、石勇战死。夺取常熟后，宋江看到吕方的那股狠劲不愧“小温侯”之名，命吕方驻守常熟，不必随军。

之后，宋江兵临昆山，昆山守将杜微刚刚接纳了溃逃至此的三大王方貌。宋江让杨志挑选副手，统兵作战，杨志选定索超、李逵、李云、焦挺，并嘱咐李逵、李云、焦挺乔装成普通士兵跟在自己身边，随时准备近身肉搏。一交手，方貌、杜微很快败下阵来。就在他们准备逃走时，方貌被杨志、索超拦住，杜微则甩出一把飞刀扎进索超胸口，方貌乘机再逃，又被李云拦住。方貌被杨志一刀结果了性命，李云则被杜微的飞刀杀死。杨志割下方貌的头，系在腰间，又张弓搭箭将杜微射下马来，焦挺来取杜微首级，被负伤挣扎的杜微反杀。李逵见杜微杀了焦挺，勃然大怒，挥斧斩断了杜微的脖颈。夺下昆山后，宋江本想让杨志驻守，但杨志表示更愿意随军南下。此时孙立自告奋勇地表示，他愿意与弟弟孙新、弟妇顾大嫂驻守，得到了宋江的许可。

此时呼延灼听闻庞万春手下都是好弓箭手，便提议重用连环甲阵攻打湖州城，命汤隆督造连环甲。庞万春出奇兵步步紧逼，卢俊义连连败退，呼延灼催促汤隆尽快造甲。汤隆日夜督造，力竭而死。好在连环甲已基本足用，呼延灼装备好兵马，对湖州发起攻势。此时宋江已拿下秀州，守将段恺死里逃生，来投湖州，没想到庞万春闭关不纳。段恺只得投降卢俊义，并透露，湖州城防守最弱之处在西南角。卢俊义得到这一情报后，立即命呼延灼与凌振从西南攻城，一举夺得湖州。卢俊义留下呼延灼守城，并发兵独松关。张清领兵攻打独松关，为守将厉天闰的鬼刀所伤。董平为了救护张清，双枪刺死厉天闰，却也身中鬼刀。两人回到营中，不治身亡。夺取独松关后，林冲主张绕路奔赴杭州，与宋江会师；关胜则主张先攻打德清，扫除进军障碍。卢俊义采纳了关胜的意见，挥师德清。德清守将夏侯成连斩蔡福、蔡庆、龚旺、丁得孙，与徐宁死战，同归于尽。德清城破，卢俊义命邹渊、邹润叔侄驻守，然后向杭州进发。

卢俊义与宋江在杭州会师。杭州守将是方腊的太子方天定，辅佐他的是丞相娄敏中和上将张韬。索超力战张韬，将其擒获，但因刀伤发作死于军中。方天定勇猛无敌，用计火烧宋江军营，朱贵、朱富死于这场大火。宋江军队撤退时，宣赞、彭玘、鲍旭、穆春又为方天定的追兵所杀。杨志患病，宋江觉得无人可用，只好命杨志代替吕方守常熟，让吕方来当主力。吕方设计困住方天定，与他力战，落败被杀。吴用则擒获了娄敏中。卢俊义派解珍、解宝化装成猎户潜入杭州城探听消息，却不知城内到处都是方天定的眼线，二解很快就被发现。不久，城头悬挂出二解的人头。阮氏三雄、张横、张顺与方天定水战，阮小二、阮小五被乱箭射死，剩下三人死里逃生。关胜提出，水战要取胜，必须里应外合。张顺打算潜入城内充当内应，却被射死在涌金门。然而没过多久，只见方天定摇摇晃晃地走向宋江大营，原来是张顺的魂魄附在方天定身上，将他带来的。张顺说明本末，挟着方天定的魂魄离去。李逵为张顺报仇，将方天定剁成九段。张横本已积劳成疾，听到张顺的死讯，一病不起。阮小七护送病重的张横离开战场，走到半路，张横死去，阮小七埋葬了他，叩首三次，便回石碣村打鱼去了。

方杰带兵阻截宋江。郭盛与方杰争斗，但不是他的对手，身负重伤，带着幼子郭怀恩突围。他来到钱塘江北岸的一处荒郊野岭，意外遇到了杨志之子杨振玉。杨振玉说，这里是牛家村，因为他的父亲病重，无力照料他，将他寄养在此。

郭盛拉着杨振玉的手，说希望郭、杨两家能够长居于此，将来共为太平努力，言毕而殁。方杰杀死李立，关胜和林冲联手杀死方杰。宋江大军直扑方腊藏身的帮源洞，方腊做最后的抵抗未果，逃至六和寺。宋江追至六和寺，发现方腊已被武松擒获。武松请宋江一行来到六和寺，与鲁智深一同讲论天下之事。宋江、关胜都不认同鲁智深的理念。林冲倒是能看破世俗，遂留在六和寺带发修行。最后，梁山一百零八将中只剩下宋江、卢俊义、吴用、关胜、呼延灼、花荣、朱仝、杨志、戴宗、李逵、史进、燕青、孙立、樊瑞、项充、李衮、邹润、邹渊、孙新、顾大嫂，共二十人。离开杭州前，宋江设立死去众兄弟的牌位，在钱塘江畔祭祀。

姑拟这十五回的回目如下：

第八十三回　智吴用长江排阵，巧张顺初奏捷音

第八十四回　战毗陵郑彪兴难，聚风云樊瑞纵雷

第八十五回　水火阵弄巧成拙，霹雳火灭地无声

第八十六回　燕青沈寿双对峙，杨雄石秀死苏州

第八十七回　一丈青阵前失手，小温侯夺锦扬名

第八十八回　方垕强娶扈三娘，沈抃负气走扬州

第八十九回　杜微飞刀助方貌，呼延铁骑打湖州

第九十回　万春闭关走段恺，董平抵死救张清

第九十一回　斩夏侯徐宁归位，获张韬索超丧身

第九十二回　吕方苦战方天定，吴用赚取娄敏中

第九十三回　解家二杰同丧命，阮氏兄弟双尽忠

第九十四回　关胜归结江南计，张顺丧命涌金门

第九十五回　张顺魂捉方天定，郭盛死走牛家村

第九十六回　帮源洞宋江鏖战，清溪城卢帅收兵

第九十七回　武松单臂擒方腊，宋江祭旗大回朝

最后三回的内容相对简单：按照传统话本套路，樊瑞、项充、李衮一定会出家；为了照应《水浒后传》，孙立、孙新、顾大嫂、邹润、邹渊应当回登州赴任；为了照应《说岳全传》，呼延灼应解甲归田；为了照应《建炎以来系年要录》等史料，史进应驻守兴州，后复叛，关胜应任济南府守将，杨志应随童贯征辽。另外，可以让朱仝回郓城县做富家翁，让戴宗载着钱财回江州，纵欲而死。至于宋江、卢俊义、吴用、花荣、李逵、燕青的结局，《水浒传》原先的安排已经很合理，可一仍其旧。具体情节如下：

樊瑞、项充、李衮不愿赴京，辞别宋江。燕青告别卢俊义，并劝卢俊义也一同离开，卢俊义没有答应。众人回到京城，呼延灼、朱仝、戴宗不愿为官，载着朝廷赏赐的金银还乡。孙立请求回乡为官，得到应允。宋江、卢俊义、吴用、关胜、花荣、杨志、李逵、史进受到加封，在朝为官。不久后，卢俊义被权臣暗害。宋江获赐御酒，明知有毒，仍决心饮下，

并骗李逵同饮，两人一道赴死。吴用和花荣在宋江墓前自缢。史进闻言在兴州复叛，宿元景举荐关胜讨伐。关胜与史进在阵前相遇，史进不欲抵抗，只和关胜谈起往事。言毕，史进大笑，引颈受戮。全书从史进的故事开始，又以史进的大笑结束。这正是：

> 由来同一梦，休笑世人痴。

此三回回目如下：

> 第九十八回　众好汉受封辞官，玉麒麟鸩酒坠河
> 第九十九回　宋江李逵共赴死，吴用花荣耻独生
> 第一百回　战兴州关胜平叛，叹石碣史进殡天

后　记

胡应麟《少室山房笔丛》说，嘉靖、隆庆年间的某位大人物，案头除了《庄子》和《水浒传》之外别无他书。我猜这是真的。中国的智识之士对《水浒传》确实抱着极大的热情，所以在小说名著里，只有《水浒传》的续书（陈忱《水浒后传》、张恨水《水浒新传》）、外典（兰陵笑笑生《金瓶梅》）及“同人小说”（俞万春《荡寇志》）各见精彩。在这些作品里，《后传》可见明清之际的民族思想，《新传》可见抗战时期的爱国精神，《金瓶梅》可见晚明市井生活图景，《荡寇志》可见清代普通知识阶层对民变乱象的敌视。可以说，每个时代都有着属于自己的《水浒传》诠释，或者说，一部《水浒传》的诠释史恰恰是中国社会意识的变迁史。

听过我在喜马拉雅 FM 上的有声书《品水浒》的朋友们大概还记得，我对央视版《水浒传》的一些设定颇有微词，无他，太“革命”了，完全是 20 世纪 70 年代“评《水浒》运动”的回响，连角色服装都完全按照农民设计，丝毫不见江湖豪侠的底色。但仍不可否认，这是一个时代的话语使然。然时值 21 世纪，我们又可以从《水浒传》中看见什么呢？有人解读出了阴谋论，有人看到了商战和公司管理，而我看到的是底层的力量——对自由的向往和对社会不公的反抗。这其实也是我钟爱《水浒传》的初心，因为自己一直生活、挣扎在底层，所以对于《水浒传》所刻画的权力和人性有自己的独特感受。这些感受仍然是带着情绪的，有人喜欢也有人诟病。但诚如鲁迅所讲，《史记》是“史家之绝唱、无韵之《离骚》”，也就是说此书饱含情绪，于史书中不可再得——人或许会因为生活在困境中而感到痛苦，但我相信这些重复的痛苦是命运赐予我们的不可多得的额外财富。

2019年，我的第一部著作《先秦诸子述林》由中国致公出版社出版，我忙碌地和编辑沟通细节，从文字内容到封面设计，迎接我心愿单里的第一件盛事。只是那时我还不知道，在这本书出版之后，等待我的竟然不是喜悦，而是失落——本以为在首本书出版之后，我离以文字为生的计划更近了，但书成之后依旧是等待，而且已经是没有目标的等待。所以我继续投稿，试图找到一些连载自己作品的机会。那时候看到古代小说网的投稿启事，几乎没有抱有任何希望地、麻木地将《品水浒》系列的文稿投了过去，没想到不久之后，小说网的创办人苗怀明老师就回复了我的邮件，并以“水浒琐语”为名连载了这部作品。

我在大学读书时受到老师的青睐，他将最后一学期最后一堂课的时间交给我，由此终结两年的文学史课程。我准备的题目是“品茗〈红楼梦〉——〈红楼梦〉问题的产生与红学流变”，苗怀明老师的《风起红楼》是我的第一本参考书。我万没有想到自己有朝一日会在苗老师主办的小说网上连载自己的作品，而老师在回复邮件时亲切关心的态度尤其使我感到温暖。

在小说网连载文章，对我而言是一次重要的成长经历。如果说，之前十年的博客和公众号写作中，我希望的是表达，那么在小说网连载文章，对我来说，更多地意味着分享。所以在其后的一段时间里，我开启了自己的学术文章写作计划，并逐渐投付小说网发表。与之前写的博客相比，虽然没有那么强的时效性，却多了很多的沉淀，对每篇文章得到的评论也抱有很大的期待。虽然我的博客也荣幸地与许多前辈老师互相添加了好友，但我以前几乎从未经历过一篇文章发表之后有如是之多的前辈老师和同辈好友们阅读，给予我鼓励、指教和善意的批评，这是我在文章连载的短短一年中积累下的无穷财富。文章连载期间，一些读者朋友抱着关心的态度，同我探讨一些问题，提出一些质疑，我自然也在后续的专辑中作了一些回复，知我罪我，则任凭诸君。

最初，我并没有做《水浒》研究的意思，有的大抵只是意气，所以行文间或影射历史上的某人，或点评公众关注的某事，借古人之醇醴浇我心中之块垒。比如《杀人的裁缝》一篇就是因“6 · 22”杭州莫焕晶纵火案而写，《正说郝思文》则干脆是说我自己为什么在公司里不上进的。这些事当然和

《水浒传》没太大关系，我不过是借题发挥，因为不管是《水浒》的世界还是当今社会，在某种意义上都是江湖。秦始皇之所以焚书，一个重要的理由是读书人“偶语诗书”（辛德勇老师训“偶”为“寓”），意即借题发挥、借古讽今。所以“偶语诗书”不但是把书读活、把学问做活的精神，也是读书人世代相承的勇于牺牲的好灵魂。《水浒传》的作者生于乱世，怀着强烈的忧患意识，他的著书是对自己身处时代的解读，这自然是他的历史责任所在；而我生活在一个完全不一样的时代，也不敢对读书人的责任有所推卸。

“历遍艰辛不作弊，受苦也炼成造诣。因此说人生在世，运程难预计。但能入世，培养聪慧。”李克勤的这几句歌词正是此时之我的真实写照，读好书，做好学问，不断努力，不断提升，不辜负帮助和支持我的人的期望，这是我唯一该做，也是我唯一能做好的。

时值年终岁尾，正是21世纪20年代的第一个冬天。回想过往的十年，我由一个学生成长为一名教师，由一个读者成长为一个作者。有朋友问：“假如可以重来，你是否会放弃汉语言文学专业，选一个更适应就业市场的专业？”我告诉她，自己不曾后悔。如果有机会同十年前的自己对话，我想分享薛凯琪的那首《给十年前的我》：“你害怕，会灵验了长辈警告那段话。饰演几年牛或马，早给生计驯服了吧？你害怕，市场无更好的人，仍得屈就吗？但我连续在情路碰钉，也未化。”十年来，执着地走着，爱着，坚守着，终于能够在此刻与正在读书的你以这种方式相见。

感谢你能翻开这本书，感谢你能读到这里，看完这些话。

多谢读者！

未来见！

2020 年 12 月 3 日

知·趣丛书

名士派：世说新语的世界　　徐大军　著
从“山贼”到“水寇”：水浒传的前世今生　　侯　会　著
梦断灵山：妙语读西游　　苗怀明　著
探骊：从写情回目解味红楼梦　　刘上生　著
所思不远：清代诗词家生平品述　　李让眉　著
梨园识小录　　陈义敏　著
志怪于常：山海经博物漫笔　　刘朝飞　著
儒林外史人物论　　陈美林　著
沈周六记　　汤志波　秦晓磊　主编
史记八讲　　史杰鹏　著
敦煌的民俗与文化　　谭蝉雪　著　李芬林　编
拾画记　　任淡如　著
神魔国探奇　　刘逸生　著
明人范：生活的艺术　　袁灿兴　著
寻幽殊未歇：从古典诗文到现代学人　　杨　焄　著
沈周别考　　陈正宏　著
海物惟错　　周　苗　著
猫奴图传　　刘朝飞　著
闲话孽海花　　周锡韫　著
水浒琐语　　常　明　著